謎解き「後三年記」

加藤愼一郎

無明舎出版

◉表紙絵の説明

金沢柵陥落に際し、池に隠れていた武衡が生捕りにされ、家衡が愛馬を射殺する『後三年合戦絵詞』の一場面。

（伊藤直純や戎谷南山が明治二十年代半ばに設立した後三年合戦の顕彰・研究団体「金沢保古会」発行の絵葉書より）

◉見返しの絵について

右に同じく「金沢保古会」発行の絵葉書。

謎解き「後三年記」◉目次

第二章　『絵詞』の謎

謎解き「後三年記」

はしがき

後三年合戦（一〇八三年～一〇八七年）の顚末を記した軍記物語『後三年記』（貞和三年（一三四七）に制作されたとされる絵巻物『後三年合戦絵詞』の詞書として伝来した物語のことをいう。）（注1）の史料的価値については、かつては合戦終結から二百五十年以上も経過した南北朝期に成立したということから疑問符が付されていたが、近年は平安末期（院政期）に物語原本が成立したとする説が有力になったことにより、肯定的に評価されるようになってきている。

しかし、『後三年記』を素直に読んでいくと、随所に　はてな？　なぜ？　どういうこと？　と思わせるくだりがあることに気が付く。それらの謎の中には、現存する『後三年記』に欠失部があることに由来するもののほか、当時の社会に生きる人々の意識・価値観が今日と異なることや、物語作者や当時の読者にとっては自明若しくは些末な事項として記述や説明が省略されたことに由来するものもあるであろう。さらには、物語作者が意図的に史実を隠蔽し、或いは歪曲していることに由来するものがある恐れも否定できない。とすれば、こうした謎を解き明かすことが、後三年合戦の史実・真相に迫ることにつながるのではないか。そうした問題意識から、こうした『後三年記』の謎を紹介し、あわよくばそれらを解き明かそうと試みた。（第一章）

また、『後三年合戦絵詞』（以下原則として『絵詞』という。）（注2）の絵そのものについても謎の場面、即ち、絵の意味するところがわからない場面、そこに描かれている人物や集団の正体がわからない場面、さらには詞書や史実にそぐわない場面が存在する。本書では併せてそれらの謎解きも試みた。（第二章）『絵詞』の成立事情や絵師の意図の解明により真相に迫るとともに、絵解きの面白さも伝えたい。

実は、当初の目論見はここ（第二章）までであった。ところが、おおよそここまでを書き上げてみると、後三年合戦に関し、目下最も関心が高いと思われる金沢柵はどこにあったのか？という疑問にはほとんど触れていないことに気が付いた。従来金沢城跡が金沢柵の推定地とされてきたところ、横手市教育委員会は、ここ十数年にわたり精力的に発掘調査等を進め、金沢城跡及び陣館遺跡を一体として金沢柵推定地（館跡は西麓部で、陣館遺跡は宗教空間か）とするに至っているが、未だ確証は得られていない。ここはやはり『後三年記』の記述からみてどうなのかということに触れるべきと思い返した。とはいえ、著者には荷が重すぎるテーマであり、私見と言えるほどのものは持ち合わせていない。そこで、金沢城跡とする説を真っ向から否定した戦前のある論文を紹介する形で、問題点や今後の課題を明らかにしようと試みた。（第三章）

以上が本書の主旨である。

なお、『後三年記』（欠失部は『康富記』（注3）による。）の本文を引用する際のテクストは、野中哲照氏作成「軍記・語り物研究会二〇一〇大会用テクスト」によることとし、参考までにその全文を末尾に掲げた。

また、本論の理解を助けるため、『後三年記』のあらましと現存する『絵詞』の構成を次に掲げる。

（注1）広義では、この物語と『後三年合戦絵詞』の総称として使われることもある。本書の題名に限って言えば、この使用例と解しても差し支えない。

（注2）貞和年間の制作ゆえに「貞和本」、東京国立博物館が所蔵するゆえに「東博本」ともいう。

（注3）室町時代の朝廷役人中原康富の日記で、その文安元年（一四四四）閏六月二十三日の条に、『絵詞』の先行絵巻とされる『後三年絵』（承安元年制作。「承安本」ともいう。）を閲覧した旨とその要約が記されている。

『後三年記』のあらまし（欠失部は『康富記』による。）

○ 永保三年（一〇八三）、陸奥国奥六郡の主清原氏の当主真衡は、海道小太郎成衡を養子としたうえで、その妻に多気権守宗基の孫娘（源頼義の落胤でもある。）を迎えた。そのお祝いに一族の吉彦秀武が出羽から駆けつけたが、真衡に無視されたことに憤り、贈り物を投げ捨てて出羽へ逃げ帰った。これを知った真衡が怒り、秀武を討とうと出羽へ向かって出陣した。

○ 秀武は真衡の弟清衡と家衡を味方に引き入れた。二人は真衡の留守の館を襲おうとし、途中で白鳥村の民家を焼き払った。これを聞いて真衡は慌てて引き返したので、清衡・家衡も本拠に戻った。真衡は館の守りを固め、再度の秀武攻めの準備をしていた。

○ そこへ、永保三年秋、源義家が陸奥守として赴任してきた。真衡は義家を饗応した後、再び秀武を討とうと出羽へ向かった。清衡・家衡もまた真衡の館を襲った。

○ 真衡の妻は館の近くにいた義家の家来兵藤太夫正経、伴次郎傔仗助兼に応援を求め、二人は館に入り、成衡に味方して清衡・家衡と戦った。

○ さらに義家が成衡の味方に加わった結果、清衡・家衡は敗走した。この戦の最中、真衡は出羽に向かっていた道中で病のため急死した。この後、清衡・家衡は義家に降伏を願い、義家は二人を許した。

○ 義家は二人に奥六郡を分け与えたが、これなどに不満を持った家衡は、応徳三年（一〇八六）、清衡の館を襲い火を放って清衡の妻子や従者を殺した。清衡からこれを訴えられた義家は、家衡が籠った出羽の沼柵を攻めたが、冬の寒さと食糧不足で退却した。

○ 義家が家衡に追い返されたと聞いて、叔父の武衡が陸奥国から軍勢を催して出羽へ越え、家衡のもとに来て加担を申し出、二人は金沢柵に移った。

○ 寛治元年（一〇八七）秋、金沢柵を義家・清衡が攻めた。義家の弟義光も官を辞して応援に駆け付けた。

○ 金沢柵は堅固で陥落しそうもない。義家は秀武の献策により兵糧攻めに切り替えた。

○ 寛治元年十一月、兵糧の尽きた金沢柵はついに陥落した。武衡は城の中の池に隠れていたのを捕えられて処刑され、家衡は身分の低い者に変装して逃げようとしたが縣小次郎次任に発見され殺された。

○ 義家は、朝廷に追討の官符を求めたが、私闘とみなされて拒否され、武衡らの首を捨てて空しく京に上った。

『後三年合戦絵詞』の構成

現存する『絵詞』は序文と上中下三巻からなっているが、もともとは序文を除き全六巻あったものであり、この上中下三巻は後半の三巻分（第四・五・六巻）であるとされている。各段の要旨は、絵のテーマに着目したものである。

○上巻第一段　武衡、家衡に加担
○〃第二段　義光の来援と開戦による鎌倉権五郎景正や助兼の奮戦
○〃第三段　義家の国府出陣
○〃第四段　雁行の乱れ
○〃第五段　剛臆の座
○中巻第一段　兵糧攻めの開始と鬼武・亀次の一騎打ち
○〃第二段　末割四郎の最期
○〃第三段　千任、櫓の上から義家を罵倒
○〃第四段　武衡、義光に講和を請い、腰滝口季方を城内に招く。
○〃第五段　冬の到来に怯える兵士たちと兵糧欠乏により城から下る女子供の殺害
○下巻第一段　義家、陥落を予知し、仮屋に火を付けさせる。
○〃第二段　金沢柵陥落し、武衡・千任は生け捕られ、家衡は愛馬を射殺し、逃げる。
○〃第三段　武衡・千任の処刑
○〃第四段　縣小次郎次任、家衡を打ち殺し、その首を義家に持参
○〃第五段　義家、官符を下されず、空しく上京

第一章　『後三年記』の謎

一　清原氏の通字が「武」から「衡」に変わったのは？　また、藤原氏が「衡」を踏襲したのは？

1　はじめに

『後三年記』を読み始めると、清原真衡を皮切りに、真衡が養子に迎えた海道小太郎成衡、亘理権大夫経清の子清衡、清原武貞が経清の妻を呼び産ませた家衡、家衡に加担する叔父武衡と、次々に「衡」の字を名に含む人物が登場する。これは単なる偶然ではない。少なくとも武貞の子、真衡・清衡・家衡三兄弟の名は通字「衡」を意図して命名されたものに違いない。「成衡」も真衡の養子となったのを機に改名した名である可能性が高いと考える。（注1）また、清衡に始まる奥州藤原氏においても清衡―基衡―秀衡―泰衡と、四代にわたってこの「衡」が通字となっている。

然るに、武貞の父は武則であり、武貞の弟には武衡がいる。つまり、武則―武貞・武衡の父子間では「武」が通字となっていると考えられるのに、武貞―真衡・清衡・家衡の父子間ではその「武」という通字が引き続き使われることはなく、それどころか父子間に通字は存在せず、三兄弟間の横の通字「衡」に取って代わられている。これは不思議なことではないか。なのに、『後三年記』には、これについて何ら言及、説明がない。これを謎①とする。

また、後三年合戦後、清衡は実父経清の姓「藤原」に復氏している。にもかかわらず、清原氏から命名されたであろう「清衡」という名を変えるどころか、その名に含まれるいわば清原氏の通字と考えられる「衡」を、彼の子のうち少なくとも御曹子「基衡」の名の一字とし、結局「衡」は藤原氏の通字として四代にわたり踏襲されているのである。自分は清原氏の人間ではないと表明しながら、清原氏を象徴するその通字を子孫にまで使い続けるとは不思議でないか。これを謎②とする。

なお、これらの疑問については、そもそも命名には、命名者の嗜好を含むあらゆる要因があるのであって、ルールはあるようでなく、また、「清衡」命名の経緯はどうあれ、その名が定着した以上、それを尊重するのは当然であるというように、このような問いの定立自体が無意味であるという批判も予想される。しかし、著者は、命名者も歴史的、社会的存在である以上、これらの疑問を投げかける意味はあるという立場に立つものである。

（注1）高橋崇（一九九一）は「養子となるに際し改名したのか。」と記す。

2　謎①について

この疑問に答えていると思われる先行学説には二説がある。両説とも、延久二年（一〇七〇）に陸奥守源頼俊とともに陸奥国の北方の蝦夷を攻略した延久蝦夷合戦の功により鎮守府将軍に任じられた「清原貞衡」（「貞衡」か「真衡」なのか争いがある。）とは何者かという問題と密接に絡んでいる。

一つは新野直吉の説である。新野直吉（一九七四）は「時代的にいえば、前九年の役の際に少壮の年齢であったと考えられる武貞が、父武則のあとをうけて将軍になったのではないかとも考えられる。そして私は、どうもこれは武貞ではあるまいかという考え方を捨て難い。彼の三人の子は、皆名に「衡」がつくが、これは案外貞衡の名乗りをうけるものであったかもしれない。頼良が頼時になったようなことが武貞になかったとは、断定しがたいであろう。」と記す。これを著者なりに敷衍すると、武貞が「貞衡」と改名したから、息子たちは「衡」を父子間の通字として命名され、或は既に伝来の「武」を通字として命名されていた場合には父の改名と同時に改名したということになるであろう。これにより、伝来の通字「武」は廃され、武則―武貞間の父子間通字は消滅するが、新しい通字「衡」が誕生し、父子間通字の慣習は直ちに復活するのである。さらに付け加えるならば、武貞の弟「武衡」の名も武貞改名に合わせて改名した結果であると考えられる。なぜなら、武則流清原氏の通字の変更はひとり嫡流武貞家のみにかかわる事柄ではなく、一族全体にかかわる事柄であると考えられるし、また、「武衡」が先行し、兄で嫡流の「武貞」がそれに合わせて「貞衡」と改名するという事態は考えにくいからである。よって、武則流清原氏が一斉に通字「衡」の付く名に改名した可能性が高いと考えるものである。(注2)

新野は改名の時期には言及していないが、それは、康平五年(一〇六二)の前九年合戦終結から延久三年(一〇七一)の鎮守府将軍拝命前後までの間であることは間違いないであろう。その中でさらに限定するならば、改名という一大転換の背景には何らかの契機があったと考えるのが自然であり、それにふさわしいのは鎮守府将軍拝命であろうから、その前後の可能性が高いと考えられる。

以上、新野説を敷衍した武貞改名説により、通字「武」から「衡」への変更は合理的に説明できると思われるが、問題は改名の理由は何かである。この問いに具体的に答えられないところがこの説の弱点であり、新野説も野中哲照(二〇一五)で「異色の説」と評される所以であろう。ここではひとまず、武貞は、伝来の通字「武」を踏襲することに優る意義・価値を、新たな通字「衡」に見出したからと一般論的に答えるに止め、先に進みたい。

二つ目は樋口知志の説である。樋口知志(二〇一一)は、武貞の死後、海道平氏の「貞衡」が武衡と の猶子交換により、いわば真衡らの後見役として武則の娘婿、養子に迎えられ、真衡らの継父となって、延久蝦夷合戦を戦い、その功により鎮守府将軍になったとし、それゆえ、真衡ら三兄弟の名は新たな父の名の一字「衡」を受け継いだもの(真衡、清衡にあっては、当初は清原氏伝来の「武」を通字として命名されていた「武真」、「武清」を改名したもの）であるとする。

このように、この説はこの疑問に真正面から答えており、清原氏の父子間通字の慣習とも矛盾せず、明快な答えであるように見える。しかし、この説には大きな疑義がある。それは、武則の直系の子孫である真衡らが武則から続く伝来の通字「武」を捨ててまで、後見役といういわば一時的な権力者の名にあやかって改名するとは、甚だ考えにくいことである。むしろ、『陸奥話記』に登場する貝沢三郎清原武道について、いみじくも樋口知志（二〇一一）が「武道とは武衡の改名前の名ではなかったろうか」と指摘するように、海道平氏に迎えられた「武道」が桓武平氏一族の間でよく用いられていた「衡」の字を取り込んで「武衡」と改名したのであるならば、清原氏に迎えられた「貞衡」もまた清原氏伝来の通字「武」を取り込んだ名（具体的に言うならば二代目「武貞」）に改名すべきではなかったかと思われるのである。

ところで、「貞衡」の正体に関しては、現状では、「貞衡」＝「真衡」であるとする真衡同一人物説と別人説（前述した新野の武貞改名説や樋口の海道平氏説の外、野口実の海道平氏説や遠藤祐太郎の武則二男説がある。）が対立しているが、かつては同一人物説が通説的な位置にあった。しかし、この説の論者でこの通字の疑問に言及しているものは寡聞にして知らない。彼らはこの疑問に無関心であるように見える。この説に立てば、「貞衡」は存在しないから、「貞衡」との何らかの関連で真衡ら三兄弟を命名したという答えはありえない。したがって、この説に立てば、命名者は、「貞衡」の存在とは無縁の何らかの理由により、清原氏の伝来の通字「武」に優る意義・価値を「衡」に見出し、「衡」を新たな通字として真衡ら三兄弟を命名したという答えになるであろうし、もとよりその具体的理由はわからない。（注3）

しかし、清原氏においては、武則—武貞・武衡の間だけでなく、嫡流である光頼—頼遠の間にも通字「頼」が存在すること（注4）からすると、父子間の通字が慣習化していたことは間違いない。であれば、命名者が真衡らの命名に際し、この慣習を踏襲しないということは甚だ考えにくい。仮に伝来の「武」を廃するとしても、まだ「貞」を通字とする道はあったのである。さらに、なぜ武貞の弟武衡と共通する「衡」なのか。これでは父よりも叔父武衡と縁のある名になってしまう。嫡子真衡の命名時に父武貞よりも叔父武衡の名にあやかった方がよいとされる事情、例えば武衡に武貞以上の実力や権威が備わっていたというような事情がない限り、このような選択はありえないと考えられる。ところが、そのような事情は想定し難い。よって、少なくとも通字の面からは、真衡同一人物説には賛同し難いたいものがある。

以上より、樋口の貞衡海道平氏説と真衡同一人物説にはいずれにも疑義があり、賛同し難いので、消去法ではあるが武貞改名説を支持したい。これが、ここまでの結論である。ただし、この武貞改名説には、前述したように改名の具体的理由を示せないという弱点があることは認めざるをえない。

なお、野口実と遠藤祐太郎の説は、いずれも真衡同一人物説と同様この通字の問題には言及しておらず、かつ、仮にこれらの説に立ってこの疑問や次の謎②について合理的に説明できるかというと、いずれにも疑義があるので、この項（一）では割愛した。詳しくはこの項の基となった拙稿・加藤愼一郎（二〇一八）をご覧いただきたい。

（注2）一斉改名は、伝来の通字の変更という一族にとっての大転換にふさわしい形である。（拙稿・加藤愼一郎（二〇一八）参照）

（注3）論理的には、武貞死亡後、真衡ら三兄弟が一斉に改名したというケースも否定できないが、武貞改名説のように武貞生存中に彼の主導で一族全体が一斉改名できたようにはいかないと考える。なぜなら真衡に武貞並みの一族統率力があったとは思われないから。

（注4）さらに、『出羽山北清原氏系図』（野中哲照（二〇一四a）参照）によれば、光頼・武則兄弟の父は「武頼」であるから、三代にわたって通字「武」及び「頼」があったことになる。

3　謎②について

まずは論を進める前提として、清衡が実父経清の姓「藤原」に復氏した狙いや意義について確認しておこう。それは、多くの論者の見解を要約するとおおよそ次のようなものである。

清衡が安倍・清原両氏から継承した奥六郡に止まらず、衣川を越えて陸奥国南部にまで力を行使できるようになるためには、そこにある摂関家の荘園の管理を委ねられ、かつ、陸奥国押領使となることが必要であった。この藤原氏への復氏は、清衡が摂関家を氏の長者とする藤原氏に属すること、及びかつて鎮守府将軍を代々務め、奥羽を支配した秀郷流藤原氏の嫡流であることを鮮明にするものであり、摂関家に接近し、かつ押領使としての適格性を正当化する上で効果的であったというものである。

にもかかわらず、多くの論は、清衡が安倍・清原両氏の正統な後継者であることは、この復氏により否定されるものではなく、野口実（一九九〇）のように「清衡が清原氏の名の通字である「衡」の字を用い、これが平泉藤原氏歴代の通字として使われていくことからも、清衡自身、清原氏の後継者たることを意識していたことを示している」と、高橋崇（二〇〇二）のように「清衡は衡字をあえて奥州藤原氏の「通名」にすれば、安倍・清原両氏の正統な後継者であることを奥羽に宣言・主張できることになると考えた」と解している。

これに対し、野中哲照（二〇一四b）は微妙に異なる。清衡が奥六郡・山北三郡の正統な継承者であることを主張しているのはそのとおりであるが、藤原氏に復氏したことは「血縁的・姻戚的な継承は主張しなかったということ」であり、「血縁・姻戚関係よりも公か私か、官か賊かのほうが重要なので」ある。武衡・家衡は敗者であり、「陸奥守に反抗した賊徒に等しい。よって清衡が、清原氏の末裔を名乗るわけにはいかない。そんなことをすれば、奥六郡・山北三郡の継承権を失う」からであるとする。

私見を述べる。清衡が「藤原」に復氏したということは、何と言おうと、自分は藤原氏であって清原氏ではないと宣言していることに他ならない。それなのに、「衡」の一字でもってなお清原氏に属する、或はその正当な後継者であることを表明しようとしたというのは自己矛盾と言わざるを得ない。野中哲照（二〇一四b）の説と同様、清衡は復氏により、血縁・姻戚関係によって安倍・清原両氏の正当な後継者であると主張することは止めたものと解さざるを得ない。よって、「衡」の一字でもってそのような主張を意図したものではないと考えるものである。

また、貞衡海道平氏説に立つ樋口知志（二〇一一）は「「衡」字は当時、桓武平氏一族の間で少なからず用いられていたようで」、継父「貞衡」の下での真衡・清衡への「改名は奥六郡主清原氏が桓武平氏系武士団と同族的連合の絆で結ばれたことを象徴するものでもあったのではないかとも推察される。」とする。これに倣えば、奥州藤原氏の通字「衡」も同氏が清原氏に引き続き桓武平氏系武士団と同族連合の絆で結ばれていることを象徴的に表明するものであったということになるであろう。しかし、これはありえない。忘れてならないのは、同じく樋口知志（二〇一一）によれば、海道小太郎成衡を養子に迎え、彼に源頼義が多気権守平宗基の娘に産ませた女子を娶わせるなど、さらに平氏との同族連合を推進しようとした真衡の清原氏主流派に対し、これに抵抗する勢力である守旧派が担ぎ出したのが清衡であったことである。よって、後三年合戦後の清衡が平氏の女性を妻に迎えるなど両派の関係修復に努めたことはあるとしても、真衡のように基本的政策としてこの同族連合化を推し進めたとまでは認められないからである。

では、なぜ清原氏の通字「衡」を踏襲したのか。残念ながら、現状では、武貞或は彼以外の命名者が清原氏の伝来の通字「武」に優る意義・価値を「衡」に見出したと同様、清衡は藤原氏にとっても他には変え難い謂わば超氏族的、普遍的な意義・価値をこの「衡」に見出していたからという一般論的な答えに止まらざるをえない。この点で謎②については、武貞改名説に立とうが真衡同一人物説に立とうが結論は同じということになる。

4　おわりに

武貞改名説に拠った2の結論に対しては、通字を「武」から「衡」に変えた具体的理由を示せない点で、真衡同一人物説と五十歩百歩でないかという批判が予想される。しかし、通字の交代はあっても父子間通字の慣習は維持している武貞改名説と、そもそも父子間通字の慣習を無視している真衡同一人物説とは同列には論じられない。さらには、次のように、武貞の長子を「真衡」と命名したことは、真衡同一人物説に立つと不自然であるが、武貞改名説に立つと違和感はない。これは武貞改名説の優位を補強する材料となろう。

即ち、武貞の長子の命名に際し、命名者は、その長子の世代からは「衡」を通字とすることを決めたとしても、「真衡」でなく「貞衡」と命名すれば、少なくとも武貞と長子「貞衡」との間では父子間通字「貞」を維持できたはずなのに、そうしなかったということは不自然であるのに対し、武貞自身が既に「貞衡」に改名していた、或は改名することを予定していたとすれば、その長子を父と同じ「貞衡」と命名するはずはなく、「真衡」の命名に違和感はない。

それなのに、貞衡の正体に関し、真衡同一人物説は未だに有力説として一方の支持を得ているのに対し、武貞改名説は殆んど無視されるか、よくて「異色の説」という評価に止まっている。これは不当に低い評価でないか。通字に着目するならば、少なくとも真衡同一人物説と同等の評価を受けて然るべきと訴えるものである。

とは言うものの、武貞改名の理由＝通字変更の理由として、「伝来の通字「武」を踏襲することに優る意義・価値を、新たな通字「衡」に見出したから」と一般論的、抽象的にしか答えられないところが、2の結論の最大の難点であることに変わりはない。この点では、「清衡は藤原氏にとっても他には変え難い謂わば超氏族的、普遍的な意義・価値をこの「衡」に見出していたからという一般論的な答え」に止まっている3の結論についても同じことが言えよう。両者とも、これでは具体的イメージが湧かないと言われそうである。

そこで、こういうものが該当するのではないかというケース（残念ながら、これを裏付ける史料はないが）をいくつか提示して、この項を閉じたい。提示に当たって鍵としたのは、武貞にとっても清衡にとっても共通する通字「衡」の意義・価値である。

一つは、権威ある者（その最たるものは朝廷であろう。）から「貞衡」の名を賜った或は「貞衡」への改名を勧められたケースが挙げられよう。これは、延久蝦夷合戦の論功行賞からして、「清原貞衡」は源頼俊よりも後三条政権の覚えがめでたかったことが窺えることからの発想である。この場合、その賜った或は勧められた名に含まれる「衡」の字は清原氏から藤原氏に復氏しようと価値あることに変わりはないし、むしろ廃しにくいものであろう。また、このケースは、伝来の通字を自ら変えるのは並大抵のことではなく、外部からの力が働かないと難しいのではないかということからの発想でもある。（注5）

二つ目は、「衡」の字そのものの字義に照らしてその字に特別の思いを託したケースである。「衡」には「平衡」、「均衡」、「衡平」といった熟語からもわかるように、元々つりあいがとれている、安定している、平らかというような意味がある。とすると、「武」が戦乱を想起させるのに対し、「衡」は安定や平和を想起させるとも言えよう。前九年合戦や延久蝦夷合戦を戦った武貞にあっては、前九年合戦で父を失い、後三年合戦で骨肉の争いを体験した清衡と同様、安定や平和を希求する思いが強かったかもしれない。そこで、武貞は「衡」の字に安定や平和への思いを託したと考えるのである。であれば、清衡がこれを継承したことも頷けるのである。（注6）

三つ目は、二つ目と重なり合う面もあるが、朝廷や陸奥守に対し、安倍氏のように「武」をもって反抗することはなく、「衡」即ち安定した、平らかな世を目指すという清原氏や藤原氏の恭順の姿勢を、通字「衡」の採用・踏襲によって示そうとしたケースである。これは正に、『後三年記』冒頭に記された「心うるはしくして、僻事を行なはず、国宣を重くし、朝威を忝くす。」という真衡の姿勢にも通じるものでないか。また、2でも引用した新野直吉（一九七四）の「頼良が頼時になったようなこと」即ち、安倍頼義が源頼義に忖度して安倍頼時に改名した故事のようなことが、正にこれに当たると思われるのである。さらには、武貞のみならずその子、弟と、一族の主要メンバーが一斉に改名するというのがこの武貞改名説のポイントの一つであることからすると、正に朝廷等に対する対外アピールを意図したこのケースはこの説に適合的であると言えよう。

（注5）松田忠治編（一九七四）『たてやま風土記』に武貞が後三条天皇の皇太子時代に「衡」の字を賜り、貞衡と改名した旨の記述があるが、それを裏付ける史料の存在は定かでない。

（注6）歴史小説ではあるが、高橋克彦（一九九三）『炎立つ』巻の四（日本放送出版協会）に、武貞に嫁した清衡の母が、武貞が「陸奥をはじめて衡《たい》らかに」したことにちなんで貞衡と改名することを提案する場面がある。

二　鎮守府将軍清原貞衡の名が出て来ないのは？

『後三年記』の冒頭、清原真衡の現在の威勢に至る系譜を述べるくだりでは、「荒河太郎武貞が子、鎮守府将軍武則が孫なり。」とはあるが、延久蝦夷合戦の功により武則に次いで鎮守府将軍となった清原貞衡についての言及はない。貞衡の正体については前記一で述べたように争いのあるところであるが、真衡同一人物説が妥当であるならば真衡が鎮守府将軍を拝命したこと、樋口知志の海道平氏説が妥当であるならば武衡との猶子交換により貞衡が真衡らの継父となり鎮守府将軍にも任命されたこと、武貞改名説が妥当であるならば武貞が改名して貞衡となり、かつ、鎮守府将軍を拝命したことの記述があって然るべきである。しかし、こうした記述は一切ない。それゆえ、こうした記述がないことをもって、それぞれの説が妥当でないことの論拠とすることはできない。むしろ言えることは、清原貞衡の正体が誰であれ、『後三年記』は彼の鎮守府将軍拝命自体及びそれに関連する事柄については沈黙しているという事実である。このことの意味するところは何だろうか。

野中哲照（二〇一四b）や樋口知志（二〇一一）によれば、『後三年記』の物語原本は清衡の影響下で一二世紀前期に成立したとされる。とすれば、この沈黙の背景には清衡の意向があると見るのが素直な見方であろう。

清衡の意向として考えられる一つは、武則に続き二人目の清原氏の鎮守府将軍が誕生したことを広めたくなかった、究極的には秘匿したかったのではないかというものである。ちなみに武貞改名説に即して見てみると、武則、武貞＝「貞衡」と、清原氏が二代にわたり、いわば世襲のように鎮守府将軍を拝命したことになるので、順当に行けば、次は真衡がなって不思議はない。そのような地位にある真衡に清衡は反旗を翻したのである。これでは、鎮守府将軍を任命した国家に反旗を翻したと取られても仕方がないのではないか。清衡としては、そうした事実を歴史から抹消したかったのではないか。後三年合戦はあくまでも清原氏の身内の争い、私戦であり、公（国家）に対する反乱ではないということを主張するためには、武貞の鎮守府将軍拝命の事実は不都合であったからに外ならないと考えるものである。

もう一つは、武則に続き再び清原氏が鎮守府将軍を拝命したという事実を、秘匿するというよりも認めたくなかった、正視したくなかったという清衡の心理、感情があったのではないかというものである。後に父経清の姓藤原に復氏したことからわかるように、清衡は、自分は名門秀郷流藤原氏の末裔であるという自意識が強かったと思われる。秀郷流藤原氏は過去、数代にわたって鎮守府将軍を拝命していることから、鎮守府将軍には自らが属する藤原氏こそ適任であり、父経清を滅ぼした清原氏ごときが就く役職ではないという思いがあったかもしれない。それゆえ、武則に引き続き再び清原氏から就いたという現実を前にして、その事実を正視したくないというか、清原氏に対するコンプレックスから、そうした事実に敢えて触れたくなかったというのが実情であったのではないかというものである。著者としては、後者の論の方にシンパシーを感じている。

三　荒川太郎が二人いるのは？

『後三年記』によれば清原武貞は「荒河太郎武貞」と記され、『陸奥話記』によれば吉彦秀武は「字《あざな》荒川太郎」と記されている。つまり、二人の荒川（河）太郎がいる。

先行研究によれば、荒川太郎の荒川については有力な二説があり、一つは大仙市協和荒川付近、もう一つは仙北郡美郷町から大仙市にかけての丸子川（古名「荒川」）流域とするものである。そのうえで、秀武、武貞ともに荒川太郎を名乗ることについては、秀武を前者に武貞を後者に振り分ける説（新野直吉（二〇〇六）ほか）と、荒川とは後者であり、秀武から武貞に荒川太郎の号が継承されたとする説（野中哲照（二〇一三））に分かれる。

清原氏宗家の本拠が横手市の大鳥井山遺跡と推定されることから、その一族である武貞の荒川もこれに近い丸子川流域であることは間違いないであろうが、秀武については悩ましいところがある。野中哲照（二〇一三）は、早くから俘囚として辺境の農地開拓に就いた吉彦氏の本拠が山あいの協和荒川とは考えられないとする。しかし、協和荒川の下流の淀川流域まで含めると平地も相当増加すること、この後六で論ずるように、秀武の本拠は砂金の産地でもあったと推測されることから、雄物川―淀川―荒川水系の上中流域のような山あいの土地も含まれると考えられること、さらには秀武の弟吉美侯武忠の本拠が秋田市の太平川流域と推定されていることから、兄秀武の本拠もそれに近い所に位置するのが自然であることからすると、協和荒川の可能性も捨てきれない。また、両者とも丸子川流域としても、この流域が相当広域にわたることからすれば、両者が併存して荒川太郎を名乗ることがあった可能性も否定できないと思われる。さらに、秀武→武貞継承説については、身分的に上位の清原氏が下位の吉彦氏の号

（字）を継承するだろうかという疑念を捨て切れない。著者としては、現段階では併存説に傾いている。

なお、秀武の本拠については、伊藤直純（一九一七a）の現在の湯沢市稲庭町付近とする説もあるが、「荒川」の字と結びつかず、「胆沢に近い通路は雄勝郡の小安街道であるから」という理由もその趣旨が不明である。

ところで、『後三年記』を注意深く見ると、『陸奥話記』では「荒川太郎」と明記されなかった武貞にはそれが明記されているのに対し、逆に『陸奥話記』で「荒川太郎」と明記されていた秀武にはそれがない。これは変でないか。

この疑問に答えてみよう。

荒川は丸子川流域で、かつ、号が秀武から武貞に継承されたという説に立てば、前九年合戦時の荒川太郎は秀武のみであるから、『陸奥話記』はそれのみ明記し、後三年合戦時には武貞のみが荒川太郎であるから、『後三年記』はそれのみ明記したということになろう。これで、一見辻褄が合っているようにみえる。しかし、前九年合戦時において、武貞には荒川太郎とは別の号（字）があったかもしれないのである。そのような場合もカバーできる説明は次のようになるであろう。

『陸奥話記』は武貞を紹介するに際し、「武則の子」と明記するだけで、ある程度人物像を浮かび上がらせることができるので、秀武のように号（字）は明記しなかった。他方、『後三年記』では「荒河太郎武貞が子、鎮守府将軍武則が孫なり。」という文脈で武則とのバランス上武貞を修飾する言葉として号（字）を明記する必要があった。もっと言うならば、前記一で述べたように私見では武貞が改名して鎮守府将軍清原貞衡になったと考えるので、本来は「鎮守府将軍武貞改め貞衡が子」と記すべきところ、前記二で述べたように武貞改め貞衡の鎮守府将軍就任には言及したくなかったので、いわば仕方なく「荒川太郎」を敢えて冠して代用した。他方、秀武については、武則との姻戚関係や前九年合戦時の働き等詳細な人物紹介がされているので、敢えて「荒川太郎」を持ち出して紹介する必要はなかった。

後者の説明は、秀武を協和荒川に武貞を丸子川流域に振り分ける説及び丸子川流域に両者が併存する説に立っても有効と考える。ただし、この場合には、『陸奥話記』、『後三年記』とも、両人に同じ号（字）を明記することによって生じる混同を避けたいという思惑が働いたことも加味しなければならないであろう。

コラム

吉彦秀武の「荒川」は陸奥国？

野中哲照（二〇一四ａ）及び野中哲照（二〇一五）は、国立国会図書館所蔵の『諸系譜』という系図集の中にある『吉弥侯部氏系図』を根拠に、吉彦秀武の八代前の祖は陸奥国の俘囚「吉弥侯部小金」であり、それから三代ほどは同国新田郡に住み、秀武の祖父の代に出羽山北に移ったとする。この説に接した時浮かんだのが、秀武の「荒川」とは出羽山北の地名「荒川」に由来するのではなく、陸奥国時代の先祖の地に由来し、代々受け継がれてきたものではないかということである。

そこで、現在の宮城県に荒川という地名が残っていないか調べてみた。インターネットで「宮城県」と「荒川」をキーワードに検索すると、最初に出てくるのが宮城県柴田郡村田町を流れる阿武隈水系白石川支流の一級河川荒川であるが、これは新田郡があったと思われる現在の登米市付近からはあまりに南に寄り過ぎている。次に目に入ったのは「大崎市古川荒川小金町」。これにはびっくりした。「荒川」のみならず秀武の祖「小金」の名も一緒になっている地名があるとは。これこそ秀武のルーツの地かと色めきたってしまった。しかし、これは近現代になって付けられた地名であり、付近を流れている小河川荒川と旧地名稲葉字小金原から採ったものと推測され、かつまた、この荒川では人名の由来とするにはあまりに規模が小さすぎる感がある。

もっともふさわしいのは、北上川水系迫川支流の一級河川荒川であろう。この荒川は栗原市から登米市にかけて流れ、その流域には白鳥の飛来地として有名な伊豆沼も属している。これなら旧新田郡の所在地とも重なりそうであり、地域的な広がりも申し分ない。この荒川流域が秀武の父祖の地であり、その嫡男は代々「荒川太郎」を称したとは考えられないだろうか。仮にそうだとすれば、秀武の本拠を探るに際しては、秋田県内に残る「荒川」地名にこだわる必要がないことになる。

しかし、この説を声高に提唱するには、次のような難点を克服しなければならないであろう。

1　先の野中説によれば、秀武の祖父武信が出羽山北に移住した時期は一〇世紀後半とのことであるが、一般的に「荒川太郎」のような号（字）が陸奥国で登場するのはいつ頃からか、また、「名字」のように、その号（字）の発祥地から他の土地に移っても継承されるものなのか、著者にはそうした知見がない。

2　肝心の当該一級河川荒川の名がいつ頃から用いられているか確認できていない。

3　『陸奥話記』で「荒川太郎」吉彦秀武が登場するのは営岡で七陣の押領使を定めた場面であり、字の記載がある六人のうち秀武以外の五人のそれは「斑目」や「貝沢」のように当時の出羽の具体的地名に拠っていると解されているのに、秀武のそれだけを伝来のものとするのは、やはり多勢に無勢の感がある。

後三年合戦畫巻

源義家雁の列を亂すを見て伏兵あるを知る　（金澤保古會發行）

四　「国」は本当に「陸奥国」？

真衡の威勢を示す表現「国中に肩を並ぶる者なし」、「当国の中の人は皆、従者となれり」中の「国」を「陸奥国」と解すると、真衡の威勢は奥六郡に止まらず、陸奥国全体に及んでおり、同国内では肩を並べる者はなく、みな従者となったということになる。だとすれば、このような状態は、奥六郡から「漸出衣川外」（漸く衣川の外に出づ）と『陸奥話記』に記された前九年合戦直前の頃の安倍氏はもとより、後三年合戦から相当の年数を経た十二世紀初頭に漸く豊田館から本拠を平泉に移した当時の清衡の威勢以上であることになってしまう。武則に続き延久蝦夷合戦の功績により貞衡（或は真衡）が鎮守府将軍を拝命したことからすれば、一概に実態とかけ離れた記述であると断じることはできない。しかし、これを肯定すると、一般に成衡の出自とされる海道平氏も真衡の従者であったことになり、成衡の妻の出自は従者の家系ではふさわしくないとして、隣国に妻を求めたという真衡の姿勢と矛盾することになる。ここはやはり真衡の威勢の高まりが一族内の反発を惹き起こす要因となったことを強調する余り、相当に誇張した表現になってしまったものと解したい。

なお、「国」を奥六郡のことと解せないかと当初は考えたが、すぐ後に「隣国にこれを求むるに、常陸国に多気権守宗基といふ猛者あり。」と続くので、「常陸国」のような「隣国」と対比される「当国」となれば、やはり陸奥国と解せざるをえない。

五　成衡の人物紹介が簡略に過ぎるのは？

『後三年記』における成衡の人物紹介は「真衡、子なきによりて、海道小太郎成衡といふ者を子とせり。年いまだ若くて、妻なかりければ、真衡、成衡が妻を求む。」というもので、極めて簡略である。若者であること以外には、「海道小太郎」という字から海道地方の出身であることと父も自身も長男であること（注1）が推測されるだけである。また、養子になる前から「成衡」という名であったようにも読めるが、「衡」が真衡を初めとして清原氏の通字であることからすると、前記一の1で既に述べたように、養子となったのを機に改名した名である可能性が高いと考える。

最も肝心なことは、「海道」のみで成衡の特定の出自（出身地、氏族等）を限定できるとは思われないことである。確かに当時の陸奥国の住人であれば「海道」から共通の特定地域を想起した可能性はあるが、当時福島県浜通り地方に限って「海道」といったかはわからない。大石直正（二〇〇一）は「古代においては、「海道」は多賀城以北の海寄りの諸郡をさす語であった。」とし、「これまでのように無条件に海道といえば福島県の浜通りをさすものと考えるのは、安易にすぎるというべきであろう。」とする。少なくとも『後三年記』原本が読者として想定したであろう当時の都人（注2）には皆目わからなかったはずである。つまり、これだけの情報からは、成衡の出身地が陸奥国内であるか否かも含め（注3）どこなのかはわからないし、ましてやその出身氏族の素性（清原氏の一族なのか否か等）も全くわからないのである。物語作者もそれだけの情報しか持ち合わせていないかのようなあまりにもそっけない書きぶりである。

『後三年記』はまるで成衡の正体については語りたくないかのようにさえ見える。というのは、成衡に続く彼の婚姻相手の人物紹介は至って詳しく、饒舌と言ってもいいくらいであるからである。源頼義が貞任を討とうと陸奥国に下ったとき、常陸国の豪族多気権守宗基の娘と契り生ませた女で、宗基が大切に育てたなどと説明している。あまりにも対照的である。成衡を養子に迎えたことがこの物語の起点になっていることからすると、成衡の出自等の人物紹介は婚姻相手以上に詳細であるのが自然であろう。

『後三年記』全体を見ても、成衡の人物紹介は簡略に過ぎる。『後三年記』における人物紹介の基本形は、「相模国の住人、鎌倉の権五郎景正といふ者あり。先祖より聞え高き兵なり。」というようなものである。それからすると、成衡には「相模国の住人」と「先祖より聞え高き兵なり」に相当する部分が欠けている。他の重要人物吉彦秀武の「出羽国の住人、吉彦秀武といふ者あり。これ、武則が母方の甥、また、婿なり。昔、頼義、貞任を攻めし時（中略）三陣の頭に定めたりし人なり。」と比べると、さらに情報不足が際立っている。極論すればどこの馬の骨ともわからないのである。

これはなぜか。成衡ほどの重要人物について、このように情報を非開示にしている背景には、物語作者に何らかの意図があると考えざるをえない。

そこで、このように成衡についての情報が少ないことの効果を読者の立場から考えてみよう。読者には、一読して素性がわからないことから、成衡は清原一族ではない、清原氏とは縁のない人物という印象が残ってしまう。その結果、一族を差し置いてそういう部外者を養子に迎えたということと、さらには、婚姻相手の素性が対照的に詳しく語られ、常陸国の豪族と源氏の血を引くことが明らかとなったこととが相まって、清原氏は事実上他の氏族に乗っ取られたも同然ということで、真衡の横暴、専制が強調され、一族の秀武、清衡、家衡らが反発するのも無理がないというように読者を納得させてしまう効果があると思われる。この点、現代においても、成衡は、海道平氏或は磐城地方豪族の出身としつつも、清原一族外であり、清原氏と血縁のない人物であると想定しているような見解（高橋崇（一九九一）、入間田宣夫（一九九八）、樋口知志（二〇一一））が多いのは、多分にこの『後三年記』の書きぶりに由来しているのではないだろうか。

しかし、実際のところ、果たして成衡は清原氏と縁のない人物であったかというと、野口実（一九九三）の清原武則は海道平氏の出身であり、清原氏と海道平氏は一体だったとみてよいとする説を持ち出すまでもなく、成衡の出身氏族と清原氏、真衡とが同族或は血縁関係にあった可能性は否定できないと思われる。かつて奥六郡の主安倍氏が奥六郡よりも南の地域を本拠とする藤原経清や平永衡と縁戚関係にあったように、新しい奥六郡の主清原氏が奥六郡よりも南の海道平氏等と縁戚関係があったとしても不思議はない。さらに、海道平氏の祖とされる安忠が属する繁盛流桓武平氏の重成が秋田城介であったことなど（注4）から、清原氏と海道平氏の縁戚関係は清原氏の出羽在住時代にまでさかのぼる可能性すら考えられる。成衡には、清原氏の血が入っていた（おそらく女系の可能性の方が高いであろうが）としても不思議はないであろう。むしろ、そうであるとした方が、真衡が成衡を養子に選んだことが頷けるのである。真衡はそうした養子としてふさわしい出自の成衡に、さらに源氏と常陸平氏の血を引く女を娶らせることで、自らの嫡宗単独支配を確立しようとした（注5）ものであり、真衡のこの一連の選択は、ライバル関係に立つ清衡、家衡はともかく、相当数の一族から賛同を得られるものであったことが十分考えられるのである。

もしこのように成衡が清原氏と縁のある人物である場合において、物語作者がそうした情報を開示していたならば、読者はどう受け取ったかというと、成衡は真衡の養子となるのにふさわしい人物であり、真衡の養子選択は、当然ありうる選択の一つという印象を持ったに違いない。ところが、物語作者はこうした情報を開示していない。その結果、読者は、成衡は清原氏と縁のない人物ゆえ秀武や清衡・家衡が反発するのも無理がないという印象を持たざるを得なかった。このことから言えることは、この場合の物語作者による情報非開示は、それが単なる見落としでなく意図的なものであったとすれば、成衡が真衡の養子となるのにふさわしい出自の人物であることを意図的に隠蔽しようとしたものであり、逆に言うと、成衡がそうした人物であるという事実を告白しているに等しい。

然るに、成衡の人物紹介が異例に簡略化されていることからして、この情報非開示は意図的なものであったと断定せざるを得ず、したがって、物語作者には、成衡の実像を隠蔽し、真衡に反旗を翻した清衡らを正当化しようとする意図があったものと疑わざるをえない。

終りに、この項（五）及び後記十、十一は、拙稿・加藤愼一郎（二〇二〇）をほぼ踏襲したものであることを付記しておく。同稿は、次のような問題意識に根ざしたものであり、それは当然この項等にも当てはまるものである。

成衡は、真衡が彼を養子とし、その妻に常陸国の豪族の娘と源頼義の間に生まれた娘を迎えたことが、清原一族の中で反発を招き、それが後三年合戦の発端になったとされる人物である。しかし、そのように後三年合戦上の重要人物であるにもかかわらず、その出自をはじめ、真衡の死後どうなったのか、奥六郡分与からなぜ除外されたのか等の人物像については、いまだ定説のない状況である。当然のことながら、諸説の多くは『後三年記』及び『康富記』の記述と他の史料や地理学上の知見等を組み合わせて論を展開している。そこで、敢えていわば原点に立ち返って、『後三年記』及び『康富記』の記述及び書きぶりのみによれば、どのような成衡像が浮かびあがってくるのかを見てみたい。これはいわば、『後三年記』の原本が成立した当時の読者がそれを読んで、及び後世（室町中期）の朝廷役人中原康富がそれとほぼ同内容と考えられる承安本『後三年絵』の詞書を読んで、どのような成衡像を思い描いたかを追体験してみようとするものでもある。それによって、これまでの諸説が見落としていたものが見えてくるかもしれないと期待するからである。

（注1）「小太郎」とは太郎（長男）の太郎（長男）との意である。とすれば、中条家文書「桓武平氏諸流系図」を根拠に成衡を清原武則の弟鎮守府将軍清原貞衡の実子かとする野口実（一九九三）の説には疑問が生じる。貞衡は弟ゆえ太郎ではありえないであろうから。

（注2）『後三年記』は「奥羽の事情をあまり知らない都人に対して説明するような意識を持って書かれた物語だ」とする野中哲照（二〇一四）に賛同する。

（注3）成衡の妻については「隣国にこれを求むるに、常陸国に」と明記していることからすれば、成衡についてそのような明記がないということは、当国即ち陸奥国の出身と解すべきという意見もあるかもしれないが、確証はないし、清衡、家衡の紹介の場面ですら「陸奥国に清衡・家衡といふ者あり。」と言っていることからするとなおさらである。

（注4）野口実（一九九三）は、「桓武平氏諸流系図」で安忠の兄弟とされる兼忠（重成の祖父）も秋田城介であったことは確実であるとする。

（注5）この点で、入間田宣夫（一九九八）の「外来の才知や血統の要素を加味することによって、（中略）辺境武人政権にまで高めるという構想が芽生えていた。」とする説や野中哲照（二〇一五）の「奥六郡・山北三郡が生き残るためにはエミシと蔑まれた歴史から脱却する必要を感じていたのではないか。そのために外部から貴種の子と嫁を迎える必要があった」とする説は採らない。

六　貴重な金《こがね》（砂金）を投げ散らすとは?

秀武が成衡の婚礼に際し「朱《あけ》の盤に金《こがね》をうづたかく積みて」献上しようとしたのに、囲碁に熱中していた真衡に無視されたことに怒り、これを投げ散らして出羽国に逃げ帰ったことが後三年合戦の発端となったかのように記述されている。このように大量の砂金を持参し、かつ、堪忍袋の緒が切れたとはいえ、これを投げ散らしたということは、一方でこのように貴重なものをも投げ散らすほどの怒りであったことを表すとともに、他方では「こんなもの自分にとっては大したものではない。国に帰ればいくらでもある」というような気持の表れでもあると思われる。

確かに、古代の出羽国では遊佐荘から摂関家へ金が貢納されていたことを示す記録以外に砂金の産出を示す記録はないが、この記述は秀武の本拠が砂金を豊富に産出する地であることを表しているとも考えられる。

なお、『後三年記』では、武衡らが籠城した金沢柵にも砂金が豊富にあることを示す描写がある。武衡が講和のため季方を城内に招き入れた場面で「金多く取り出でて、取らす」とある箇所である。これからすると、秀武の本拠のみならず出羽山北では砂金が豊富に産出していた可能性も考えられよう。

七　秀武は七十歳？

秀武が老年であることは、『後三年記』の記述「秀武、老の力、疲れて、苦しくなりて（中略）老の身を屈めて庭に跪きたるを」や「我、雪の首を真衡に得られんこと、さらさら憂ひにあらず」からわかるが、具体的に何歳かはわからない。ところが、『康富記』には「及七旬老屈」（七旬《しちじゅん》の老屈に及ぶ）という直接的な記述がある。ということは、中原康富が見た承安本『後三年絵』の詞書にこうした表現があったのだろうか。あったとすれば、「承安本」の後出本である『絵詞』（貞和本）がわざわざ削除することは考えられない。なぜなら、野中哲照（二〇一四b）が記すように「説明の少ない痩せた先行本の表現を後出本が豊かにしてゆくことは考えられるが、逆に先行本で豊かであった表現を後出本が痩せさせてゆくことはきわめて考えにくい」からである。よって、これは、「承安本」の絵に描かれた秀武の姿が中原康富には七十歳程度に見えたことによるものであろう。

八　清衡らが焼き払ったのが白鳥村の民家だったのは？

この件に関する『後三年記』の記述は、おおよそ次のとおりである。

秀武の呼びかけに応じて真衡の館を襲うべく軍勢を進めた清衡・家衡はその途中で胆沢郡の白鳥村の民家四百余りを焼き払った。これを聞いた真衡は秀武討伐に向かった途中から慌てて舞い戻り、まずは清衡らと戦おうとした。すると、清衡らはまともに戦わない方がいいと、本拠に帰った。

こうした『後三年記』の記述からすると、清衡らが秀武の呼びかけに応じて真衡の館を襲おうとしたのは確かであり、その手始めに途中で白鳥村の民家四百余りを焼き払ったが、真衡の留守部隊の抵抗に遭って、所期の目的であった真衡の館を焼き払うところまではいかないまま留守部隊と対峙していたところに、留守部隊からの通報により真衡が舞い戻ったため、清衡らは勝ち目がないと判断して本拠に退却したということになろう。清衡らがめざしたのは秀武からけしかけられた真衡の館の焼払いであったことは、真衡が舞い戻るまで本拠に退却せず、留守部隊と対峙していたことからも疑う余地はない。

興味深いのは、白鳥村焼払いから真衡が舞い戻るまでの日数である。常識的に考えて、清衡らが真衡の館を襲う最善のタイミングは真衡が秀武の本拠を攻略する前（攻略されてしまえば元も子もないから）で、かつ、真衡の館から最も遠ざかった時であろう。より具体的には、秀武の本拠に到達し、いざ攻撃を開始しようとした時に、留守部隊からの通報が届くようなタイミングで襲撃したと考えるべきであろう。それゆえ、仮に秀武の本拠を丸子川流域とすると、野中哲照（二〇一五）によれば真衡館からそこまでの距離は約一五〇キロメートル（これは平和街道経由を仮定したものなので、仙北街道（柏峠越え）経由とすれば若干異なるであろう。）で三日ないし五日の行程とのことなので、これに留守部隊からの通報に要する日数を加味すると、白鳥村焼払いから真衡帰還までの日数は最短でも五日を下らないであろう。

この「五日」から考えられる二つのことがある。一つは、「五日」が事実だとすれば、清衡らの軍事力は、五日をかけても留守部隊だけが居る真衡の館を攻略できない程度のものに過ぎず、真衡の本隊が戻ったからにはとても勝ち目がなかったことは間違いないことであったに違いない。また、留守の館の焼払いというのは、本来奇襲作戦であり、五日かけても達成できないということは、既に失敗が明らかになっていたとも言えよう。

もう一つは、『後三年記』の「真衡、これを聞きて、道より惑ひ帰り、（中略）馳せ帰る。」という書きぶりからは、五日も要したというよりはむしろ一日か二日といったニュアンスが感じられるのである。ここまでくると、秀武の本拠は同じ出羽国でも、協和荒川などでは到底ありえず、むしろ丸子川流域よりもずっと真衡の館に近い所ではないかというところまで行き着くことになる。この点で、伊藤直純（一九一七a）の秀武の本拠は現在の湯沢市稲庭町付近とする説もあながちありえない説とは言えない気もしてくる。同書は真衡の館が胆沢城周辺に所在するとした上で「胆沢城と稲庭とは険阻なる山路であるが、二十里に充たぬ距離である」とする。著者も現状では丸子川流域説が最も有力と考えてはいるものの、『後三年記』のこの書きぶりと整合しない点は正直気がかりなところである。

九　真衡が秀武再討伐を優先させたのは？

清衡・家衡の加担により秀武攻めを中断して陸奥の本拠に帰った真衡は「なほ重ねて兵を集めて、我が本所をも堅め、また、秀武が許へも行かん」と意気込んだが、ちょうど源義家が陸奥守として赴任してきたので三日厨で饗応した後「なほ本意を遂げんために、秀武を攻めむとす。軍を分かちて、我が館を堅めて、我が身は先のごとく出羽国へ行き向かひぬ。」ということになる。自らが再び秀武攻めのため出羽へ向かえば、清衡・家衡もまた留守の館を襲うと知りながら、なぜ清衡らを討つことなく出羽に出立したのだろうか。確かに留守の館の防御も堅めた上でのことであるが、その後留守部隊が苦戦したことから見ても、まず、手近の敵である清衡・家衡を討伐し、後顧の憂いを断ってから遠くの秀武を攻めるのが常道でないのかという疑問である。

これに対する答えとしては、次のようなものが考えられる。

① 陸奥国内で自ら兵を起すことは同国の平安を乱す行為であり、国司義家に刃向かうことにもなりかねないので自重した。或は、事前に義家から制止されていた。

② 主たる敵は秀武であり、清衡らは秀武さえ討伐すればもはや独力では刃向かえなくなる程度の勢力にすぎない。秀武を討伐した後、じっくり処理すればよい。

③　②とは逆に、清衡らは、防御するには容易だが、攻め滅ぼすとなれば秀武よりも手強い侮りがたい勢力である。

④　秀武の方が討伐しなければならない緊急性が高い。つまり、清衡らについては放っておいても、奥六郡における真衡の圧倒的優位性が損なわれることがないのに対し、秀武の場合、放っておけば、秀武に組する一族も出かねず、出羽山北における真衡の権益、影響力が損なわれる恐れがある。山北の状況は陸奥国のように「国中に肩を並ぶる者なし」、「当国の中の人は皆、従者となれり」（前記四で述べたように相当に誇張した表現であろうが）という状況ではない。即ち、これらの記述はあくまでも陸奥国に限ってのことであり、出羽国には言及していない。さらに「真衡が威徳、父祖に勝れて、一家の輩、多く従者となれり」という記述を逆手に取れば、出羽国にはまだ従者とはならない一族も存在すると読めるのである。その可能性がある一族の具体的な名を挙げるとするならば、真っ先に、清原氏の宗家である大鳥山頼遠若しくはその子孫や武衡が挙がるであろう。

これらのうち①については、義家着任前であっても「我が本所をも堅め、また、秀武が許へも行かん」というのが真衡の姿勢であり、当初から清衡らに対しては防御はするが攻め込むつもりはなかったと見えるので、これは当たらないであろう。②及び③については、「清衡・家衡また聞きて、「勢、当たるべからず」とて、また帰りぬ。真衡、両方の戦ひをしえずして、いよいよ怒りて」という記述や真衡の再度出羽出陣の際の留守の館の合戦では当初「城中頗る危く、寄手の清衡・家衡、利を得たる間」と『康富記』が述べるように清衡らが優勢であったことからは、どちらとも言えず、清衡らと秀武の手強さは甲乙つけがたいといったところであろう。それゆえ、著者としては、④の可能性が最も高いと考えるものである。

十　成衡でなく真衡の妻が助けを求めたのは？

『康富記』によれば、真衡の留守の館での合戦の場には真衡の妻とともに成衡が居り、彼は正経等の合力を受けて清衡・家衡と戦ったことがわかる。他方『後三年記』によれば、正経等に応援と義家への戦況報告を求めた主体は、成衡ではなく真衡の妻であることがわかる。成衡が真衡の留守の館を防御する責任者であるならば、これは成衡のすべきことである。しかも真衡妻の「女人の身、大将軍にあらず、来たり給ひて、大将軍として」という発言は、成衡には大将軍として合戦の指揮を執る能力はないと言っているに等しい。即ち、これらの記述からは、若年ゆえであろうが、成衡はまだ一家・一族を率いる器量に乏しく、そのような任務も負わされていないと言わざるを得ない。こうした頼りない成衡像からすれば、読者は、この後彼が奥六郡分与からはずされることになっても違和感を抱かないであろう。

十一　真衡死亡後、成衡が全く登場しないのは？

『康富記』の『後三年記』欠失部に相当する部分を要約していると思われる部分には、真衡頓死の後、清衡・家衡が義家に降伏し、義家はこれを許し、奥六郡を分割して、それぞれ三郡を清衡・家衡に与えたとされる旨の記述がある。この記述については、従来から、真衡の嫡子成衡の名が出てこない、また、成衡に全く分与されなかったのはなぜかをめぐって様々な説が唱えられている。

主な説を挙げると次のとおりである。

①　奥羽侵略の意図を持っていた義家が清原氏の内部に介入し、成衡を廃嫡して清衡・家衡に奥六郡を均等相続させ、清衡を傀儡として利用しようとした。そもそも真衡が成衡を養子とし、それに妻を迎えたのは、海道平氏や常陸平氏との同族連合

化を図り、清原氏の嫡宗継承路線を強化し、義家の奥羽侵略の策動を封じ込めようとしたものである。（樋口知志（二〇一一））

② 真衡にあっても清原氏の嫡宗単独支配体制は確立していなかったので、養父の庇護なくして、ましてや族外からきた成衡が継承し統率できるような実態がなかった。それを受けて義家は、将来の内紛に向けて不満を醸成するような六郡分割をし（新野直吉（一九七四））、或は強力な清原族長権を二分しその均衡の上に安座しようとした。（庄司浩（一九七七））

③ 『後三年記』の欠失部にこの理由が説明されていたはずであり、成衡は養子とはいえ清原氏の正統であり、奥六郡分与に際し無視することはできなかったはずだから、分与以前に死去（病死）していたと考えたほうがよい。（野中哲照（二〇一五））

なお、真衡死亡後の成衡の消息については、大石直正（二〇〇一）の「清衡の庇護下に入って、もとの海道姓にもどった」という説や野口実（一九九三）の義家の保護下にあったが後に義家によって抹殺されたとする説などがある。

①説に代表される義家野心説については、義家に野心があったならば、清衡・家衡を許して六郡を分割統治させるはずはなく、争乱の鎮定を目指したとしか読めないとし、②説については、分与を決めたのは義家であり、清原氏内部で自主的に決められるような状況ではなかったとする野中哲照（二〇一五）の批判があり、基本的に賛同するものである。③説については、野中哲照（二〇一五）自体も、「奥六郡分与に彼の名が出ないことのほうが決定的だろう」として結論としては同説を主張しつつも、「成衡ほどの重要人物の死を、中原康富が要約文に記し漏らしたということになるので、これにも疑問が残らないわけではないが」と記すように、壮烈な戦死でなく病死であったとしても、それが書かれていたならば、康富が書き漏らすとは思われないというのが正直な感想である。

私見を述べる。まず、『康富記』が清衡・家衡への奥六郡分与の事実のみを記述し、成衡には全く言及していないということは、成衡がこの分与から除外されたこと（結果）につき、康富には違和感がなかった、驚くには当たらなかった、想定外ではなかった、特筆すべきことではなかったからではないか。これが出発点である。もし、違和感等があった場合には、その旨について、更に閲覧した承安本『後三年絵』に理由や経緯が書かれていたときはそれらについても、言及があって然るべきである。

康富に違和感等がなかった理由として考えられるのは、一つには、成衡がまだ若輩であり、真衡館合戦の記述から窺われるようにまだ一族を率いる器量を身につけているとは康富にも思われなかったことがあげられる。二つ目は、前記五で述べたことからして、康富も成衡が元々清原氏と縁のない人物であったという印象を抱いた結果、養父真衡没後は奥六郡の継承者候補からはずされてもやむを得ないと感じたことがあげられよう。

三つ目は、六郡分与に関する『康富記』の原文「太守免許之六郡割分各三郡充被補清衡家衡処」（訓読は「太守これを免じ許す。六郡を割分して、各三郡を充てて、清衡・家衡を補せられし（注）処」）から見えてくることである。「補清衡家衡」という表現に注目したい。「補す」とは「官職に任命する。職に任ずる。役につかせる。」という意であるから、通常太守（国司）義家が「六郡を分割してそれぞれ三郡ずつ清衡と家衡に与えた」、「六郡を清衡・家衡に三郡ずつ分与した」などと言われているのは、厳密には「六郡を分割してそれぞれに三郡ずつ割り当て、それぞれ（を統治する権限を有する者）に清衡と家衡を任じた」と言うべきであると思われる。いわば私領（私権）を分割して継承させたというよりは、統治権（公権）を分割して付与したというニュアンスがあるのである。つまり、奥六郡（を統治する権限或はそれを有する地位）の継承というものは私的な事柄ではなく、元々公的な事柄であり、誰が継承するかは、少なくとも最終的には、公け即ち朝廷（直接的には陸奥守義家）が決めるものであるという康富の認識が、この原文から読み取れるのである。室町時代の朝廷役人中原康富にとって、こうした認識は自明の理であったことから、奥六郡の継承という公的なことを陸奥守義家が公的な立場から決めたのは当たり前であり、清原氏の私的事情は関係ないのである。当然そこには関心がないし、公けが決定した結果だけが重要なのである。

室町期の朝廷役人康富でさえこのような認識であったとすれば、ましてや室町期より朝廷の威光、権勢が強かった『後三年記』原本成立当時さらには後三年合戦当時の宮廷貴族に代表される都人の認識もそうであったに違いない。

さらに論を進めるならば、後三年合戦当時の都人がそのように認識していたということは、実態（史実）もそのとおりであった可能性が高いと考えるものである。奥六郡を統治する権限或はそれを有する地位というものは、清原氏が単独でその継承や分割を決定できるものではなく、少なくとも最終的には朝廷（直接的には陸奥守）の意思にかかっていたということである。即ち、奥六郡の継承、分割について決定権のある陸奥守義家が、基本的には奥六郡の統治の安定化を図るという見地（もちろん陸奥守の任に伴う権益を確保増進する意図もあったであろうが、それには職務の枠を超えない範囲内でというブレーキが働いたであろう。）から、後継候補の年齢、在庁官人としてのキャリア、支持基盤等を比較考量し、さらに諸勢力の均衡による紛争の防止という観点も加味して、清衡・家衡に分割統治させるのが最善と判断したというのが実態であろうということである。成衡の場合、やはり若すぎる、キャリアが足りない、統率力も不十分、まだ奥六郡になじみがないなどの点で除外されたのであろう。これは、現代において知事の息子がたまたま後継知事に選任されなかったことと同じなのである。

しかし、奥六郡は継承できなかったが、真衡の嫡子の地位まで喪失したわけではないので、真衡の生前において清衡・家衡がそれぞれ何がしかの私領を奥六郡内に有していたと考えられるのと同様、奥六郡分与後においても、奥六郡内にあった真衡の相当の私領は成衡が当然相続したものと考えられる。したがって、義家や清衡の庇護の下にそれなりの勢力を維持したことは十分ありうることであり、柳之御所跡出土の折敷墨書中の「海道四郎殿」は彼の子孫

かもしれないのである。（平泉文化研究会編（一九九二）参照）

終りに、『後三年記』の欠失部には成衡が奥六郡分与から除外された理由や経緯が書かれていたか否かという問題に答えておきたい。答えは、それらが書かれていなくても、『後三年記』が想定する読者たる都人は、康富と同様、成衡の奥六郡分与からの除外という結果に違和感等を抱かなかったと考えられるので、都人と同様の認識を共有していたであろう物語作者は、わざわざ書くことはしなかったであろうというものである。

（注）「軍記・語り物研究会二〇一〇大会用テクスト」では「補せらるる」となっているが、野中哲照（二〇一五）「第一部　注釈編」の「補せられし」を採用した。

十二　義家が家衡を清衡の館へ同居させたのは？

『康富記』には、家衡が義家によって清衡の館に同居させられていたときに、清衡を殺そうとしてその館に火を放ち、清衡の妻子や従者を殺害した旨が記されている。この原文中の「家衡令同居清衡館」（家衡、清衡が館に同居せしむる）の解釈、即ち清衡と家衡の二人を同居させた義家の意図については、見解が分かれている。新野直吉（一九七四）は「同居で仲良くさせようなどという甘い善良な考えによるもの」ではなく、「必ずおこるにちがいない紛争を、ひきおこさせようとしたものであろう。」と解しているのに対し、野中哲照（二〇一五）は「二人を和解させるために義家が家衡を清衡館に寄宿させた」と解している。管見ではこの両者の見解しか見出せなかった。果してこのいずれかでしかありえないであろうか。

著者が注目したのは先の原文中の「清衡館」であ

る。この「清衡館」とは「平泉館」の前身である「豊田館」にほかならない。「平泉館」は平泉藤原氏の政庁であったといわれている。とすれば、「清衡館」も単なる清衡の私邸ではなく、政庁とまではいかなくとも政庁的な機能は有していたはずである。同様の機能を有する「家衡館」もあったであろう。義家は、奥六郡を三郡ずつ二人に分割統治させることにしたものの、統治の一体性を保つ必要から、特定の事務や行事については両者がどちらかの館において共同で実施するよう求め、国府側との協議・連絡については、どちらかの館に参集を命じることも想定されるところである。そうした場合、家衡が一時的に清衡館に滞在（同居）せざるを得ない事態も生じたに違いない。そうであるならば、義家の意図は、二人を争わせるためでも和解させるためでもなく、奥六郡統治上の必要性に根ざすものと解すべきでないだろうか。このように解してこそ、奥六郡統治について最終的な決定権を持つのが朝廷（直接的には陸奥守）であるとする前記十一の考え方とも整合すると考えるものである。

十三　武衡の年齢は？

『絵詞』の絵に描かれている武衡は壮年というよりは初老の人物に見える。現存の『後三年記』には全く彼の人物紹介がないが、欠失部には、後記十五でも述べるように通称「将軍三郎」、真衡・家衡の叔父であるということくらいの人物紹介はあったであろうから、それらの情報から絵師は武衡の年齢を推定しこのように描いたのであろう。

今、武衡の年齢を推定するに当たっても、まずは「将軍三郎」という通称から武則の三男で、武貞の弟であり、真衡・家衡の叔父であることが足掛かりになる。

然るに、野中哲照（二〇一五）は、前九年合戦終了の康平五年（一〇六二）時点で、武則は五〇〜六〇歳位、武貞は四〇歳位、後三年合戦開始の永保三年（一〇八三）時点で、真衡は四〇〜四五歳前後、家衡は二〇歳位と、高橋崇（一九九一）は、康平五年時点で、武則は六〇歳前後、武貞は四〇歳代、真衡は二〇歳代と推定している。

そこで、これらの情報を加味すれば、武衡の年齢は、永保三年時点で五〇から五五歳前後、康平五年時点で三〇から三五歳前後と推定される。

この推定が正しいとすれば、前九年合戦中の康平五年の合戦に武衡が兄武貞とともに従軍した可能性は非常に高く、万一留守居役を命じられたとしても、同合戦の経緯を熟知していたことは間違いないであろう。むしろ、この三十代という年齢からすれば、四十代の武貞と並んで一陣の押領使を任せられても不思議ではなく、樋口知志（二〇一一）の康平五年の合戦における源氏・清原氏連合軍の七陣の押領使貝沢三郎清原武道とは実は改名前の武衡ではないかという説も、この年齢からみる限り、十分ありうることと考えられる。

十四　武衡が陸奥国から出羽へ越えて来たのは？

『後三年記』の「武衡は、「国司追ひ帰されにけり」と聞きて、陸奥国より勢を揮ひて、出羽へ越えて、家衡が許に来て」という記述によれば、武衡は陸奥国に居って、そこから軍勢を引き連れて出羽国に越えて来て、家衡の居る所（沼柵）にやって来たことになる。では、武衡はなぜ陸奥国に居たのか。これについては、従来、その本拠（居住地）が陸奥国にあったからという説が多数を占めており、その中では、『続群書類従』所収の『清原系図』の一つで武衡に「住奥州岩城郡」と付記されていることから、本拠は、文字通り磐城郡（岩城郡）とする説と、磐城では南に片寄りすぎるということで系図の「岩城郡」は「岩手郡」の誤りゆえ奥六郡の最北岩手郡とする二説が対立している。また樋口知志（二〇一一）は磐城郡説に立ちながらも陸奥国府の有力在庁官人としている。

磐城郡説については、出羽国からはるかに遠い磐城郡或はそれより近いとしても在庁官人として駐在する陸奥国府から、相当の軍勢を引き連れて、いわば遠征軍のような形で出羽国に向かうことになるので、軍勢の移動を義家の側は傍観するだろうか、本拠磐城郡の守りはどうするのか、遠征軍の兵站はどうするのかといった素朴な疑問がある。岩手郡説であれば、磐城郡よりははるかに出羽に近いので軍勢の移動は容易であろうが、なぜ岩手郡かという積極的な理由はわからない。そのため、著者としては、出羽国が本拠であったが何らかの事情により偶々陸奥国に居たとする説に傾いている。

こうした出羽国本拠説の先駆けとしては、伊藤直純（一九一七b）があり、武衡はかつては陸奥国の磐城郡又は岩手郡に居たこともあるが、後三年合戦当時の本拠は出羽国山北の金沢柵であり、偶々陸奥国に居たのは「此時迄て戦争に関係なき人なれば郎等を率ゐて胆沢城又は多賀府の守備を為し居たるなるべし」とする。(注1) であれば、軍勢を引き連れて出羽へ越してきたことの説明にもなるし、もっと広く国府又は鎮守府の在庁官人として滞在していたところ任を辞して手勢を伴い本拠に戻ってきたと解することもできるであろう。伊藤（同）は「武衡は陸奥より還り来て家衡の勇武を賞揚し相議して与に自家の本拠たる金沢柵の嶮に拠ることを決したるを得べし

◇金沢柵陥るや婦女老幼の多きに依り是等の史実を証すべし」とも記す。金沢柵本拠説は最終決戦の場を本拠に求める点でも自然であると考える。

また、野中哲照（二〇一五）は、武衡を家衡の後見人と推定した上で、「山北の本拠として、武衡は金沢柵、家衡は沼柵をそれぞれ持ちながら、奥六郡では磐基に居住したと考えたい。」と記し、本来、出羽山北で金沢柵や沼柵を本拠地としていればこそ、奥六郡ではそこから最短距離にある和賀郡の磐基に居住したとするのが自然であるとしている。なお、この説は前述の『清原系図』で武衡に付記された「住奥州岩城郡」や同じく『続群書類従』所収の別の『清原系図』で家衡に付記された「住石城郡」とは「住磐基」の意であったという前提に立っている。この

野中説は、いわば武衡の住所（生活の本拠）は山北の金沢柵にあるが、居所（赴任先）は奥六郡の磐基にあるとするもの、或いは、本拠を山北と奥六郡の双方に有するとするもので、出羽山北から奥六郡に進出した清原氏の実態に即した解釈であり、伊藤説とともに評価できる説であると考える。

ただ、金沢柵本拠説で気になるのは、やはり、先述の「住奥州岩城郡」の付記のほか、『吾妻鑑』に越後城氏の資永の母が武衡の娘と記されていること、金沢柵の攻防における武衡の存在感の大きさ（義家の主たる相手が武衡とされている。）、「平武衡」とする史料があること等である。端的に言うと、出羽山北に引っ込んでいるのに娘を大豪族越後城氏（平氏である。）と縁組させることができるだろうか、もっと広い範囲で活動し、陸奥国全体に影響力のある存在でなかったのかということである。しかし、この疑義は、本拠が出羽山北であるからといって、そこに逼塞していたわけではなく、陸奥国府又は鎮守府の有力な在庁官人として、時にはそちらに（場合によっては、磐城にも）滞在し、幅広く活動していたとすれば、払拭できるであろう。そして、そうであることは、武衡の通称が「将軍三郎」であることからも窺われることである。

武衡の通称は、前述した『清原系図』にある付記や『吾妻鏡』の記述から「将軍三郎」であり、これは鎮守府将軍清原武則の三男を意味するものと解されている。武衡の兄清原武貞が「荒河太郎」という字で呼ばれているのに、武衡はなぜそうではなく父の官職を称して呼ばれているのだろうか。武則が鎮守府将軍となるのは前九年合戦終結後であるから、「将軍三郎」という通称も同合戦終結後に生じたとしか考えられない。では、それまでの武衡に通称又は字はなかったのか。前記十三で述べたように、前九年合戦終結の康平五年（一〇六二）当時の武衡の年齢は、武則の三男で真衡らの叔父であることから想定すると三〇～三五歳程度と想定される。とすると、それまで通称又は字がなかったとは考えにくい。おそらく、兄武貞と同様出羽の本拠の地名を冠した字があったであろう。では、なぜ「将軍三郎」に取って代わられたのか。それは、武則の鎮守府将軍就任に伴い、武衡もまた陸奥国に移り、国府又は鎮守府に拠って在庁官人となったところ、鎮守府将軍の息子ということもあって忽ち権勢を揮うようになった結果、陸奥国の人々は、なじみのない出羽国の地名を冠した字では呼ばず、鎮守府将軍の三男として今をときめく彼への期待感と羨望の思いを込めて「将軍三郎」と呼ぶようになり、それまでの呼称はこれに取って代わられたものと考える。

ところで、武衡が家衡の許に来たのはいつのことだろうか。この点についても言及しておきたい。通説によると沼柵の攻防は応徳三年（一〇八六）、金沢柵の攻防は寛治元年（一〇八七）であるから、一〇八六年から翌年にかけての冬又は春ということになろう。沼柵の攻防で義家軍は大雪に会い、飢えと寒さで撤退したようであるから、その撤退の時期は初冬であろう。したがって、可能性としては、義家撤退後間もない初冬の時期や真冬の時期も考えられる。しかし、厳冬期の奥羽山脈を越えるのは難しいだろうし、また『後三年記』では、武衡の加担を聞いた義家がいよいよ怒って軍勢を集め「春夏、他事なく出立《いでたち》して」（現代語訳（注2）春から夏にかけて、もっぱら戦の準備に専念して）、秋九月に金沢柵へ向けて出陣したとある。つまり、冬から準備をしたとは書いていない。よって、具体的な時期は晩冬又は早春と考えて差し支えないであろう。

（注1）ただし、伊藤直純（一九二一～一九二二）では「察するに此の時武衡の陸奥に在るは清原氏の一族和解のため義家に召集せられて之に赴きたるものにして、偶々義家は家衡を出羽に撃つ事と成したるに依り、或は其嫌疑を避くるため陸奥に留まりしや、又義家策を施して之を抑留したるや、是等の事情に依り爾来奥州に留まりたるなるべし」としており、一貫性はない。

（注2）「軍記・語り物研究会二〇一〇大会用テクスト」の口訳による。

十五　武衡が人物紹介なく登場するのは？

現存の『後三年記』における武衡の初出箇所は義家が沼柵合戦で敗退したことを聞いて家衡の許へやって来る場面であり、そこでは「武衡は、「国司追ひ帰されにけり」と聞きて」というように全く人物紹介がなされずいきなり登場する。『後三年記』は登場人物の初出箇所では「〜といふ者あり」という調子で人物紹介をするのが通例である。したがって、武衡の本来の初出箇所は欠失部にあったはずであり、そこでは少なくとも通称が「将軍三郎」であること、真衡・家衡の叔父であること、「奥州岩城郡」等に住んでいたという人物紹介がなされていたと考えられる。これらは『清原系図』や『康富記』の記述（注）からの類推である。

問題は、これら以外に武衡のどんな情報が紹介されていたかである。野中哲照（二〇一五）は、武衡加担を聞いた義家が「いよいよ怒ることかぎりなし。」と反応したことから、この反応が唐突に感じられないような武衡と義家との確執、具体的には、前九年合戦において清原武則の援軍のお蔭で源頼義は勝てた、その際頼義は武則に名簿《みょうぶ》を差し出して臣従する形をとったという認識を武衡が抱いていることが、何らかのルートで義家に知られ、義家が不快な思いをした旨が語られていたとする。

この野中説については基本的に賛同するところであるが、私見では、そのような武衡の認識の前提として、前記十三で述べたように、武衡は前九年合戦中の康平五年の合戦に従軍しており、当該合戦の細部や清原氏参戦の経緯についても深く知る立場にあったことが想定されるので、こうした前提自体もまた語られていた可能性があると考える。

このほか、武衡が陸奥の国府又は鎮守府の有力な在庁官人であったことも、語られていた候補に挙げられよう。なぜなら、家衡以上に手強い相手が加わったことと、それまで陸奥守（『尊卑分脈』によれば、兼鎮守府将軍）義家の部下であった者から反旗を翻されたということで、義家の怒りが増幅されると考えられるからである。

（注）『康富記』には「家衡打越伯父武衡館」という記述があるが、「伯父」は「叔父」の誤りと考えられている。

十六　義家が武衡加担を聞いて激怒したのは？

前記十五で、『後三年記』の欠失部で語られた武衡の人物紹介の内容として、義家と武衡の間に前九年合戦の認識を巡って抜きがたい確執があったことに加え、その武衡の認識の前提には前九年合戦への従軍体験があったこと、武衡が有力な在庁官人であったことが挙げられる旨を述べたが、こうした確執や武衡の経歴が仮に人物紹介として語られていなかったとしても、これらが事実である以上、それらが義家をして「いよいよ怒ることかぎりなし」とし、戦の準備に専念させた要因であることに変わりはないであろう。

なぜなら、前九年合戦のいわば生き証人の一人である武衡が、武則の援軍のお蔭で源頼義は安倍氏に勝てた、その際頼義は武則に名簿を差し出して臣従する形をとったという認識を吹聴することには、相当の説得力があり、それは義家にとって耐えがたい屈辱であり、自己の或は源氏のアイデンティティーや歴史認識を否定されるようなものであったに違いなく、もはや武衡の存在自体が許せないというレベルに至っていたと思えるからである。また、有力在庁官人武衡の「裏切り」は義家にとって家衡以上に手強い新たな強敵の出現であり、その面でも強い怒りが湧き起こらざるを得なかったと思われるからである。

十七　義家の呼称が「国司」から「将軍」に変わるのは？　また、陸奥守が出羽国の沼柵や金沢柵を攻めるのは？

それまで「国司、「武衡、相加はりぬ」と聞きて、いよいよ怒ることかぎりなし。」のように、義家の呼称は「国司」であったのが、この文と同じパラグラフの中で金沢柵へ向けて出陣する場面から「大三大夫光任（中略）将軍の馬の轡に取り付きて」と、突如として「将軍」に代わり、その後は一貫してこの呼称が用いられている。野中哲照（二〇一五）は「義家自身も陸奥国守であったが、将軍を朝廷から任命されていたわけではなかった。蝦夷などを征伐するための官軍の指揮者を大将軍といったことから、義家が僭称したのだろう。」とする。これに従えば、『後三年記』の物語作者もそれに引きずられたことになろう。

しかし、同じパラグラフの中でこのように代えているということには、物語作者の確固とした意図や認識があると思われる。具体的に想定されるひとつは、ここからは戦時に突入したということを示す意図があったというものであり、もうひとつは、『尊卑分脈』にあるように義家は鎮守府将軍も兼ねて任命されており、この出陣から先は国司としての任務ではなく鎮守府将軍としての任務であると認識していたというものである。私見では、『尊卑分脈』の記述が史実であれば後者が妥当と考える。

次に、陸奥守義家が出羽国の沼柵や金沢柵を攻めることについて、新野直吉（二〇〇六）は「陸奥守義家が国境を越えて出羽の家衡を攻めたのは（中略）越権気味でもあって」、「陸奥守の職分を超えるような清原氏攻め」と、野中哲照（二〇一五）は「あるいは制度的な問題として陸奥出羽按察使のような機能を陸奥守が兼ねているとみるべきか、後考を待ちたい。」とする。

しかし、遠藤巌（一九九二）や斉藤利男（二〇一一）のように前九年合戦以後鎮守府の支配者が同時に秋田城を管轄するというシステムが成立していたという考えに立てば、義家が鎮守府将軍を兼任していたのであれば、秋田城の管轄下にある出羽の沼柵や金沢柵を「将軍」義家が攻めるのも管轄権の点から見る限り越権ではないことになる。著者としては、後者に賛同したい。

十八　義家が伏兵は武衡が隠したのを知っているのは？

少なくとも物語の登場人物である義家には、伏兵を隠しおいた首謀者が武衡か家衡か、この段階ではわからないはずであるのに、大江匡房の下で「我、文の道を窺はずは、ここにて武衡がためにやぶられなまし」と義家に言わしめているのは、不自然である。地の文で、その前に「これ、武衡、隠し置けるなり。」と断定していることによって、それがぼかされてはいるけれども。

これは、武衡加担により、義家の主たる敵が、少なくとも彼の主観においては、もはや家衡ではなく武衡になったことを読者に印象づけしようとしたものであろう。武衡加担を聞いて義家が「いよいよ怒ることかぎりなし」と反応したことと連動しているともいえよう。

十九　秀武はいつ義家方についた？

1　はじめに

後三年合戦において、清原真衡に反旗を翻し合戦の発端をつくる一方、金沢柵の兵糧攻めを献策して合戦を終結に導くなど重要な役割を演じる吉彦秀武であるが、『後三年記』には中途に欠失部があるため、彼の中間の動向は定かでない。彼の名は、真衡が再度秀武を攻めるため出羽に向かう記述や真衡が留守にした館を守る真衡妻の言伝の中に客体として登場した後途絶え、史実からするとそれからほぼ四年も経った金沢柵攻防戦において、義家に兵糧攻めを献策する主体として唐突に再登場する。したがって、秀武がいつ義家方についたのかも定かではない。

そこで、秀武の「本拠」と彼に関する『後三年記』の「人名表記」の二点に着目して、この疑問に答えてみたい。

2　先学の説

その前に、この疑問に対する先学の説を概観してみよう。まず新野直吉（一九七四）は兵糧攻めの献策をした秀武について「一族を裏切る秀武の動き」は「家衡と袂を分かって義家に味方し、自家の安全を計ったのであろう」と記し、明確な時期についての言及はないものの、献策の時又はそれに極めて近い時のようなニュアンスが感じられる。庄司浩（一九七七）は「清原方では沼柵の戦後武衡の来援があったとはいえ、源清両氏の武門棟梁権をかけての決戦段階になっても清衡・秀武らは依然義家方にあり、金沢の戦で重要な役割を演ずる。」と、金沢柵攻防戦の時よりも前から義家方についているとする。高橋崇（一九九一）は沼柵攻防戦について「清原一族のうちで、家衡方に加担したものがかなりあったということになる。（中略）ただし、清原一族が全て団結して家衡方についたわけではなさそうで、少なくとも、吉彦秀武は中立を保っていたらしい。」とした上で、秀武が義家に兵糧攻めを献策した場面については「それまで秀武は義家の御手並拝見と傍観を極め込んでいたのではと思えてならない。」とし、金沢柵攻防戦においては、この献策の時よりも前に義家方に参陣していたかどうかは明言していないが、いずれにせよ実質的には傍観者であったと解しているようである。野中哲照（二〇一五）はもっとも明快な説である。「前半戦では義家と敵対する側に属していたが、後半戦では、義家方に参謀として登場する」ことから、『後三年記』の欠失部で「義家方につく経緯が語られていた」はずで、真衡頓死の後は「すぐさま義家に帰順の意を示した」であろうし、清衡と家衡が反目した後は、義家・清衡方に「義家・清衡が連合軍を組んだあたり、沼柵に発向する前に」加わったと考えてよいとしている。樋口知志（二〇一六）も兵糧攻めの献策の場面を受け「ここで清衡・重宗とともに義家軍方に属していることをみれば、終始一貫して清衡と同一歩調をとった可能性が高い。（中略）ここに至っては義家軍の参謀的存在として現れているのである。」とし、野中説とほぼ同様の見解であると考えられる。

以上より概括的に言えば、かつては金沢柵攻防戦に至ってからという説もあったが、近年にあっては沼柵攻防戦から義家・清衡方についたとする説が有力になってきていると思われる。しかし、1で掲げた二点に着目すれば、この有力説には疑義がある。以下、順次考察する。

3　秀武の「本拠」から考える

秀武の本拠については、彼の字「荒川太郎」の「荒川」から、かつては現在の大仙市協和荒川付近という説がほぼ定説的地位を占めていたが、近年は野中哲照（二〇一三）により、現在の仙北郡美郷町から大仙市にかけて流れる丸子川（古名「荒川」）の流域とする説も有力となってきている（前記三参照）ので、まずはこの丸子川流域説を前提として考察してみることとしたい。

秀武が沼柵攻防戦から義家方につき、また彼の本拠が丸子川流域とすれば、彼はどこで義家らの軍と合流し、また沼柵からの退却に際してはどこへ向かったのだろうか。野中哲照（二〇一五）が推定により復元した『後三年記』欠失部によれば、陸奥国府から合流し、かつ、そこへ向けて退却したように読める。しかし、果してそうだろうか。秀武の本拠は陸奥国府とは反対方向にある。現地（沼柵）集合・解散が合理的でないだろうか。その場合、義家・清衡の本隊と離れての退却は極めて危険であることが想定される。大軍の本隊は無理でも少人数の支隊であれば格好の追撃対象となるからである。それゆえ、退却に限っては本隊と行動を共にした可能性も否定はできない。しかし、仮にそうしたとすれば、今度は本拠への帰還が極めて困難になるのである。冬期の奥羽山脈越えはほぼ不可能であるから、帰還は雪解け後になるであろう。その場合、本拠荒川に向けて通過しなければならない金沢柵付近には既に武衡・家衡連合軍が待ち構えている可能性がある。金沢柵ルートを避けて真昼峠越えのルートに大きく迂回したとしても、主のいない留守部隊では、そこもこの連合軍に抑えられているかもしれない。かといって、いつとも知れぬ義家による報復戦の時まで国府に留まり、本拠を留守にするわけにもいくまい。

次に、退却ルートがどうあれ、無事に本拠に帰り着いたとしても、今度は出羽に孤立する恐れが考えられる。大鳥山（現在の大鳥井山遺跡）の主をはじめ出羽山北の有力者たちの動静を知る史料はないが、武衡・家衡が手を組んだからには、山北において秀武が極めて劣勢であることは覆うべくもなく、いつともしれぬ義家の大軍が来るまで孤立無援の戦いを余儀なくされかねないのである。

以上より、沼柵攻防戦における義家方の大雪、飢寒による退却という結果からみると、秀武が沼柵攻防戦から義家方に参陣していたとすれば、身を滅ぼしかねない状況が想定される。にもかかわらず、金沢柵攻防戦の場に何事もなかったかの如く姿を現しているということは、元々沼柵には出向かなかったからと考えるべきでないか。老練な秀武であれば、そういう苦境に陥りかねないことも想定できたに相違ない。

これを補強するもう一つの材料がある。それは、武衡が家衡を勧誘し、連れ立って沼柵から金沢柵に移った事実である。この事実が何故補強材料になるかというと、先にも秀武の本拠帰還ルートの所で簡単に触れたが、秀武の本拠荒川地区と金沢柵の位置関係である。即ち、金沢柵の推定地である金沢城跡を中心とする金沢地区の北側には、荒川地区が隣接しているのである。金沢柵がいかに堅固とはいえ、背後（義家軍は南側から侵攻して来るであろうから金沢柵の正面は南側となろう。）に敵方の本拠、荒川地区がある場所にわざわざ移るだろうか。この事実は、その段階での秀武は、武衡らに味方まではせずとも、少なくとも敵対はしていなかったことの証となると思われる。

以上より、沼柵攻防戦の時点では、秀武は義家方に参陣せず、まだ義家方についてはいなかったと考えるものである。

なお、大鳥山の主も武衡らの傘下にあったか、少なくとも中立を保っていたと考えられる。なぜなら、武衡らが金沢柵に向かうにはここを通過しなければならないところ、もし大鳥山の主が義家、清衡方に付いていたならば、通過するためには戦闘が避けられず、また通過できたとしても、金沢柵からわずか六、七キロの近い距離に敵方の大鳥山の柵が存在することになるからである。

以上、ここまでは秀武の本拠荒川地区を丸子川流域とする前提で論じてきたが、仮に協和荒川地区とした場合はどうであろうか。結論を先に言うと、基本的には変わらないと考える。なぜなら、秀武の本拠が陸奥国府と反対方向にあることは変わらないので、沼柵攻防戦の敗北後、出羽で窮地に立たされることに変わりはないからである。また、ちなみに前記三では否定的に紹介した伊藤直純の湯沢市稲庭町地区とした場合はどうかというと、沼柵よりも陸奥国府に近いので、これなら背後からいつでも義家、清衡の応援を期待でき、出羽に孤立することはないので、沼柵攻防戦から義家方に付いていても不思議はない。もしかして、伊藤はこの点を考慮して稲庭説を採ったのかもしれない。

4 秀武の「人名表記」から考える

『後三年記』の中に「吉彦秀武」という人名表記は二回登場する。一つは成衡婚姻の宴における初出箇所の「出羽国の住人、吉彦秀武といふ者あり。」で、二つ目は金沢柵の兵糧攻めを献策する場面の「吉彦秀武、将軍に申すやう」である。実は『後三年記』で登場人物が姓を付して二回登場するのは極めて稀である。秀武の外には、「伴次郎傔仗助兼」と「末割四郎惟弘」だけである。通常は、初出箇所では、名のほかに姓、通称、官職などが付くか、それらが付かない場合は何らかの人物紹介がなされるけれども、初出箇所以外は名のみである。秀武の場合も、他の十二箇所（他者の発言の中で語られる二箇所を含む。）は名のみである。また、武衡のように現存『後三年記』の初出箇所は「武衡は、「国司追ひ返されにけり」と聞きて、陸奥国より勢を揮ひて、出羽へ越えて、家衡が許へ来て言ふやう」というもので、一見初出から名のみであるように見えるが、それは

欠失部に本来の初出箇所があるからであると考えられている。（野中哲照（二〇一五）参照）

では、兵糧攻めを献策する場面の秀武の姓付き人名（以下「フルネーム」という。）表記はどうしてなされたのだろうか。

まず一般論として、ある人物の一つの登場場面から次の登場場面までの間に横たわる物語の分量が多く、内容も多岐で、時間的にも長期にわたっているケースにおいては、次の登場場面では、その人物の存在感や印象が希薄化していることから、その人物に関する情報を少しでも多く付加し、読手の記憶を喚起させる狙いで、再びフルネームの表記がなされるのではないかということが考えられる。平たく言えば、前の登場から間が空き過ぎて記憶が薄れたろうから、再度最初と同じように紹介するということである。

兵糧攻めを献策する場面の直前の秀武の登場（行為の主体としての登場のみならず、客体として名が出る場合を含む。）箇所は、現存する『後三年記』では、既に前記1で述べたように、真衡が再度秀武を攻めるため出羽に向かう記述や真衡が留守にした館を守る真衡妻の言伝の中にある。しかし、この直後には欠失部があり、その中にも秀武の名があった可能性がある。

野中哲照（二〇一五）によれば、欠失部は、『後三年記』全六巻中二巻分に相当する分量があり、時間的には三年余りに及び、内容的にも真衡の館の攻防、真衡頓死、清衡・家衡の降伏、両人への奥六郡分与、両人の対立、家衡の清衡妻子殺害、沼柵攻防戦など広範多岐にわたっている。

その中で秀武の名が登場する可能性が高い場面は二つある。一つは、真衡頓死を受けて彼が義家に帰順の意を示す場面であり、欠失部の中では大分前の方に位置する。したがって、この場面が兵糧攻めを献策する場面の直前の秀武の登場場面である場合は、両場面の間に相当な分量等の物語が横たわるので、正にこのケースに当てはまり、兵糧攻めの場面での秀武はフルネームの表記になると思われる。これに対して、二つ目は欠失部の最後に位置すると考えられる沼柵攻防戦の場面であり、この場面が兵糧攻めを献策する場面の直前の秀武の登場場面である場合は、両場面間に横たわる物語の分量等は前者の場合に比べてかなり縮小するので、このケースには該当せず、兵糧攻めの場面での秀武をフルネームで表記する必要はないと思われる。

よって、現に、兵糧攻めを献策する場面の秀武の人名表記がフルネームになっているということは、沼柵攻防戦の場面に秀武の名はなかったということになる。そうすると、その時点では秀武は義家・家衡どちらの陣営にも参陣しておらず、いわば中立を保っていたのであり、まだ義家方についていなかったということになると考えられる。秀武がどちらかの陣営に参陣しているのに、『後三年記』がそのことを全く記さないということは考え難いからである。

そして、この結論を補強するものの一つが、秀武の献策に応じて義家方が布いた包囲網の「一方は、清衡・重宗これを捲く。」という記述である。この「重宗」については、現存する『後三年記』ではこれが初出であるが、真にそうであれば姓等が伴うか何らかの人物紹介がなければならない。それらがないということは、本来の初出箇所が欠失部にあるということである。

重宗が何者かについては、庄司浩（一九七七）など、真衡の館の戦いで徹底抗戦を主張し戦死した清衡の親族重光に近い人物とする説が有力であるように見えるが、野中哲照（二〇一五）は、元木泰雄（一九九四）の「後三年の役では、承暦三年（一〇七九）に義家の追討を受けて臣従していた清和源氏満政流の軍事貴族・前左兵衛尉源重宗も有力武将として参戦していた」との指摘を踏まえ、この源重宗である可能性が高いとしている。著者も、前記包囲網の記述において重宗が清衡と対等・独立の立場にある者の如く併記されていることから、重光のような親族（であれば、清衡を補佐する立場の人物であろう。）ではなく、一軍の将と考えるべきであり、源重宗説を支持するものである。

とすると、重宗の初出箇所は、一軍の将ゆえ本格的な戦の場がふさわしく、欠失部の中でそれに最もふさわしいのは沼柵攻防戦の場面であり、そこでは「源重宗」或はこれに官職を付して表記された可能性が高い。それが前記箇所では名のみであるということから考えると、秀武の場合も、この重宗の表記の仕方との権衡上、もし沼柵攻防戦の場面に秀武の名があったのであれば、即ち秀武が沼柵攻防戦に参陣しておれば、兵糧攻めを献策する場面でも、名のみであったはずである。それがフルネームであるということは、沼柵攻防戦の場面に名がなかったということ、即ち参陣していなかったということにほかならない。

補強するものの二つ目が「伴次郎傔仗助兼」のケースである。助兼の初出は欠失部の直前の真衡の館の攻防戦の場面で、二回目の登場は現存『後三年記』では金沢柵攻防戦において義家方が苦戦する場面であり、ともにフルネームである。『康富記』の「後三年絵」要約文によれば、欠失部の冒頭部分も真衡の館の攻防戦の続きであり、ここにも助兼が登場するのは確実であるが、それ以降の登場は考えられない。とすると、助兼が欠失部に登場してから二回目のフルネーム登場までの不在区間の物語の分量等は、秀武が沼柵攻防戦の場面に登場しなかった場合の二回目のフルネーム登場の前に存する不在区間の分量等と同程度のものとなる。ということは、やはり秀武は沼柵攻防戦の場面に登場しなかったがゆえに、不在区間が助兼のケースと同程度に長くなり、二回目のフルネーム表記につながったと推定されるのである。

なお、「末割四郎惟弘」のケースは特殊なケースであり、補強には使えないと考える。ちなみになぜ特殊かというと、彼の初出は「剛臆の座」に関連し、臆病者の代表として略頌という唱に詠まれた五人の中に「末四郎」とあったがゆえに、「末四郎といふは、末割四郎惟弘がことなり」と説明調に記されたものである。これは、客体としての登場であり、主体的な、即ち実質的な登場は二回目の戦死の場面であることから、二回目もフルネームにしたと考えられるからである。

5　では、いつ義家方に

前記3及び4により、秀武は沼柵攻防戦の時点ではまだ義家方についていなかったと結論付けた。では、いつ義家方についたのか。以下、これについて検討する。

まず、3の趣旨からすると、武衡らが金沢柵に移った後であることは間違いなく、さらに秀武が自家の安全を全うしようとすれば、劣勢のまま武衡らと敵対関係に立つのは極力避けようとするであろうから、義家方の軍勢が金沢柵に到達した時以後、即ち金沢柵攻防戦の開始以後とするのが合理的である。とすると、残る問題は、この開始から兵糧攻め献策の時までの間のどの時点かである。

これについて当初は、次のような理由から、兵糧攻めを献策した時点そのものの可能性が高いと考えた。

理由の一つは、前記4でも考察の対象とした献策場面での「吉彦秀武」というフルネームの表記である。実は、このフルネームの表記は、そこで結論付けたいわば前回の登場から間が空き過ぎたためということだけでなく、思わぬ人物、その場にそぐわない人物、想定外の人物が出現したので、読手に「外でもないこの人のことだよ」と念を押す趣旨でなされたと思われてならないのである。ということは、今回の行動は、秀武のこれまでの立場、行動からすれば想定外の行動だったということであり、それは取りも直さず、それまでは義家方についていなかったことの証とも考えられるからである。

二つ目の理由は、兵糧攻めは秀武の献策さえあれば直ちに実行に移せるようなものだろうかという疑問である。3でも述べたように金沢柵の北側は秀武の本拠である。義家方が金沢柵を包囲すべくその北側に安心して陣を張るには、秀武が味方になることが前提条件となろう。『後三年記』が秀武の献策後直ちに兵糧攻めが実施されたように記すのは、むしろ義家方はもっと前から兵糧攻めを企図し、秀武が味方につくのを待っていたのであって、それが叶ったから直ちに実行に移したというのが真相でないだろうか。であれば、『後三年記』は「味方についた時」を「献策の時」に置き換えて表現したものと考えられるのである。

しかし、この当初の考えは、重要なポイントを見過ごしていたことに気づいた。それは、結果として、秀武の献策した兵糧攻めが功を奏し、金沢柵は陥落するが、その成否は紙一重だったことである。

降雪が一足早まっていれば、沼柵攻防戦と同様義家方は退却を余儀なくされたかもしれないのである。その場合、秀武はもっとも恐れたであろう出羽における孤立という事態に陥る。つまり、この献策の時点で義家方についたということであれば、その選択は自家の安全を全うする上で極めて危険な選択なのである。義家方が攻めあぐんでいるのなら、義家方につくことも兵糧攻めの献策をすることもなく、今までどおり中立でいるか武衡らの側に止まっていればいい（沼柵攻防戦の段階では前記4により中立の立場と考えられるが、武衡らが金沢柵へ移った後は武衡らの側についていた可能性もある。）のである。そうすればやがて降雪期になり、義家方が退却する可能性の方が高いのである。つまり、こういう選択をするとは考えにくいのである。

ということは、献策の時点で義家方についたとするのは間違いであり、正しくは献策の時点よりも前についたということに帰着せざるをえない。そうであれば、次のように考えられるだろう。

秀武は、「数万騎の勢を率ゐて」押し寄せる義家方を目にして、その勝利を確信し、義家方の金沢柵到達早々（なぜ早々と言えるかというと、その後義家方は苦戦することになるので、時が経てば経つほど義家方に加わるのを躊躇するであろうからである。）に義家方についた。ところが案に相違して義家方は攻めあぐんだ。このままでは降雪期が到来し、義家方は退却せざるをえなくなる。そうなれば、秀武は一人出羽に取り残され、孤立無援となって亡びる。そういう危機感を抱いた秀武が起死回生の策として兵糧攻めを献策したのである。柵外に出ようとする婦女子の殺害を進言した秀武の姿勢には、是が非でも兵糧攻めを成功させなければならないという切迫した思いが垣間見える。

6　おわりに

前記5までの考察によって、秀武は義家方の金沢柵到達早々の時点で義家方についたと結論付けた。これは、沼柵攻防戦のときから義家方についたとする有力説に反する見解であり、大方の賛同を得るためには、なおクリヤーすべき課題も多いと思われる。そのひとつが、野中哲照（二〇一五）の「秀武が、自信をもって義家に兵糧攻めを進言する人物として登場しているからには、それだけの背景があると考えたほうがよい。このような秀武であるから、物語内において反義家方→義家方と移ったことの経緯説明がないはずはない。」という見解にどう答えられるかであろう。

確かに私見によれば、秀武が義家方につく経緯説明はない。しかし、前記4でも触れたように、私見でも野中哲照（二〇一五）と同様、真衡の頓死を受けて義家に帰順の意を示す記述は欠失部の前半にあると考えている。つまり、この記述の段階で秀武が少なくとも「反義家方」ではなくなっているというところまでの説明は済んでいる。とすれば、『後三年記』の記述が現実にそうなっているように、「義家方」についた時点でその経緯を記述することは省略し、兵糧攻めを献策するという重要な役割を演じた時点で、事後的に「義家方」についていたことがわかる表現にしたとしても、読手は着いていけるのではないだろうか。そして、むしろこの方が、しばらく登場しなかったあの「吉彦秀武」が突如再登場し、戦局を大転換させる役割を果たすということで、物語としては劇的になると思われるのである。

また、参考になるのは、金沢柵攻防戦における清衡に関する『後三年記』の記述である。金沢柵攻防戦において清衡が初出するのは、秀武の献策により兵糧攻めが開始され、重宗とともに包囲網の一角を占める記述である。それまでは、この攻防戦に参陣しているかどうかは不明なのである。読手はこの記述によって事後的にやはり参陣していたのだなと納得するのである。確かに欠失部の沼柵攻防戦に参陣の記述があったであろうから、推測はされるものの、厳密にはこれまでわからないのである。この点においては秀武の記述の仕方と基本的に同様である。『後三年記』は厳密に時系列的に事実経過を記述するとは限らないのである。

最後に、この項（十九）は、ほぼ拙稿・加藤愼一郎（二〇一七）を踏襲したものであることを付記しておく。

二十　城方が自ら館に火を放ったのは？

金沢柵陥落の場面の『後三年記』の記述は、次のとおりである。

「武衡・家衡、食物ことごとく尽きて、寛治元年十一月十四日夜（注）、つひに落ち了りぬ。城中の家ども皆、火を付けつ。煙の中に喚《をめ》き喧《ののし》ること、地獄のごとし。四方《よも》に乱れて、蜘蛛の子を散らすがごとし。将軍の兵、これを争ひ駆けて、城の下にてことごとく殺す。また、城中へ乱れ入りて殺す。逃ぐる者は、千万が一人なり。」

これによれば、城方は自ら火をつけたとみられる。これはなぜか。退路を断って最期の総反撃をするためではない。自刃するためでもない。武衡・家衡は逃げのびようとしたのだから。野中哲照（二〇一五）は、暁に実行したこと、城中の混乱状況の記述から、武衡らは一部の上層部だけが逃げのびるため、あえて城中の者たちにも放火のことを知らせず、意図的に混乱状況を作ったものと解釈している。「虚構の可能性もあるが」と留保をつけながらも、兵糧攻めにあって「「下種女・小童部」を試験的に城から下してみた一件を思い起こすと、武衡・家衡は、自らの保身のために、下部《しもべ》の者たちの命を犠牲にするような戦法をとるようなものたちであったといえる」とまで記している。果たしてそうであろうか。そうだとすれば、武衡らの人間性も疑われるところである。

この点、伊藤博幸（二〇一〇）には「いわゆる「自焼没落」の早い作法例か。（中略）安倍軍は自らの陣営に火を放つことはしないが、清原軍においては、最終の金沢の柵陥落の際、「自焼」行為を行っている。これは注目してよい。」とある。では「自焼没落」とはなにか。中澤克昭（一九九九）によれば、「自刃以外で自ら家を焼く例が『太平記』等に見られることから、自刃の場合とは違い首や死骸を焼く必要はないにもかかわらず、みずから家を焼いているのは、やはり「家人の居住しない家」は、あってはならない存在、とする観念が作用していたと考えるべきであろう。」とした上で、鎌倉期には「みずから火を指す」、「火を懸ける」、「火を放つ」という表現ばかりだったのが、南北朝期頃から文献史料上に「自焼」という語がめだちはじめ、それはしばしば「没落」（城などが敵に奪われる、それまでの拠点を離れるという意味）の語を伴って現れるといい、さらに「「没落」は「滅亡」や「降参」ではなく、「没落人」はけっして「降人」ではなかった。ひとつの拠点を失ったことによる損害・制約はあっても、主体的に次の行動をとることができたのである。そして、「没落」にともなうことの多い「自焼」は、みずから「家人の居住しない家」を焼くことで、時として、降参してはいない、屈服してはいない、といった意志表示となったのであろう。」と記す。

「自焼没落」の例としては早すぎるのではないかという懸念もあるが、もしそのとおりならば、武衡らが「城中の家ども」に放火したのは、降参、屈服はしていないという意思の表れであり、そのことは彼らが逃げ延びようとしたこととも合致する。武衡らは火災の混乱状況を利用して逃亡を図ったようにも見えるが、それは結果としてであり、混乱状況を生み出すために自焼行為に及んだとまでは断定できないと思われる。いずれにせよ、彼らにとって逃亡と自焼は不離一体のものであったろう。

なお、このことから類推すれば、家衡が愛馬花柑子《はなこうじ》を射殺した行為も、同様に屈服はしないという意思の表れであり、今日の道徳的観念から家衡の人間性を云々すべきものではないとも考えられるが、これは拡大解釈に過ぎるであろうか。

いずれ、著者は、この伊藤博幸（二〇一〇）の指摘に魅力を感じている。武衡らは降伏も受け入れられず、食料も尽き、かといって、決死の総攻撃をしても勝ち目はないことから、窮余の策として逃亡にかけたのであり、その際に「自焼」行為に及んだと考えたい。この場合「窮余の策」ではあるが、同時に、生き延びる可能性が皆無でなかった点では、最も現実的な策と評価すべきであろう。現に家衡は「賎しの下種の真似をして」逃げ延びようとしており、最終的には「戦ひの庭」（戦場）から出て来たところを次任に討たれているものの、戦場で「しばらく逃げ延び」ていることは確かである。この点、城中の池に隠れていて生捕りにされた武衡の行動は中途半端な印象を免れないが、これについては次の二十一で詳述する。

柵軍の人数は定かでないが、義家が「数万騎」を率いて出陣したことからすると、野中哲照（二〇一五）が記すように「ほぼ三千人」はいたかもしれない。それほどの人数でなく、たとえ数百人であっても、そのような軍勢が一斉に逃亡しようとすれば、どうなるであろうか。逃げるためとはいえ、必然的に各所で戦闘が始まるだろう。『後三年記』も「戦ひの庭」があったことを記している。その間隙を縫って武衡らが逃げ延びる可能性はなかったとは言えないだろう。武衡らに肩入れし過ぎだろうか。

（注）義家が陥落を予言した場面では「まことにその暁なむ落ちける。」とあるので、夜の中でも暁（明け方）のころであろう。

二十一　武衡が城の中の池に隠れたのは？

前記二十で述べたように、武衡らは窮余の策ではあるが、自ら城館に火を放って逃亡に賭けたのである。武衡が城中の池に隠れたのも逃亡せんがためと考えるのが自然である。ところがこの城中の池については苑池（庭園の池）のようなものと考える向きもあるようだ。だとすれば、義家方に発見されるのは時間の問題であり、とても逃亡に活路を見出そうとする者の姿勢には見えない。ここはやはり人手の加わらないヨシやアシの生い茂った自然の池沼というか沼地に当たるもので、そこに潜り込めば城外へも抜け出せるようなところ、さらに言えば、その沼地は河川に通じており、舟に乗り移るところまで行けば、脱出の可能性がより高まるものであったと解すべきでないだろうか。武衡は、前九年合戦の最終場面厨川柵の落城の際『陸奥話記』に「自投深泥逃脱已了」（自ら深泥に投じて逃れ脱げて已に了んぬ）

と記された安倍宗任のように逃亡しようとしたと考えるのが自然である。この城中の池を苑池とみるか自然の池沼とみるかは、今後金沢柵があった場所を特定するうえでも重要な鍵になるであろう。ちなみに、現在一体として金沢柵推定地とされている金沢城跡と国指定史跡陣館遺跡の場合、少なくとも自然の池沼の存在を想定するのは困難と思われる。

伊藤直純（一九二一～一九二二）は「前九年の役安部宗任は泥中に潜匿して免るゝを得。而して後源軍に降りたり。武衡或は其故智を学び、更に義光の哀憐を請はんとしたるにや」と記す。これは、興味深い指摘である。武衡は意図的に宗任に倣う形で帰降し、命を保とうとしたというのである。しかし、義家に宗任との違いを指摘されて、つまり宗任とは異なり戦場で生捕りにされたから降人ではないとして処刑される。この伊藤の指摘は、武衡が義家方に見つかって生捕りにされることを前提とした上で池に隠れたという解釈であろうが、最終的には帰降もありうるとしても、やはり一旦は逃亡を果たすことを目指したものと考えるべきであろう。

他方、この指摘からはむしろ、『後三年記』の作者が宗任との違いを際立たせるために、武衡も池に隠れたという話を創作したのではないかという疑念を誘発させられる。野中哲照（二〇一五）も「もし武衡を宗任に準《なぞら》えようとする意図があったのだとすれば、武衡が池に一時隠れたということ自体の史実性が疑われることになる。」と記す。確かに、陰暦十一月十四日といえば太陽暦ではもう十二月に入っており、朝方であれば氷点下も珍しくない。まだ降雪がないのが不思議なくらいである。池に隠れることなどできるだろうか。ましてや武衡は高齢である。『後三年記』は「武衡逃げて、城の中に池のありけるに飛び入りて、水に沈みて顔を叢に隠して居る。」と記すが、水に身を沈めるなどということはできるはずがない。水辺の叢に身を隠すのがせいぜいであろう。これはやはり誇張した表現であろう。しかし、池沼の縁辺部の叢に身を潜めながら城外への脱出を図ることは十分ありうることである。よって、全くの虚構とするには当たらないと考える。

なお、仮に全くの虚構だとした場合には、金沢柵を探るに当り、池が立地し得る場所にこだわる必要はないことになる。

二十二　家衡が奥六郡第一の名馬を持っていたのは？

家衡は逃亡に先立ち、「これを愛すること、妻子に過ぎたり」という奥六郡第一の名馬花柑子を敵に取られるのは癪にさわるとして射殺する。

家衡がこれほどの馬を所有していたということは、端的に言って、彼が馬産地を直接または間接に支配下に置いていたと解するのが相当であろう。真衡没後の奥六郡分割により、通説では稗貫、志波、岩手の寒冷な北三郡が家衡に与えられたとされ、肥沃で温暖かつ胆沢城を含む南三郡は清衡に与えられたことに対して、家衡は不満を抱いたと解されている。

しかし、馬産地と考えられるのは、奥六郡の中では岩手郡であるが、それ以上に有名なのはその北に隣接する糠部地方である。斉藤利男（二〇一四）の記すように奥六郡の主とは「奥六郡のみを支配するのでなく（中略）奥六郡以北の「蝦夷」の人びとをも交易・貢納制を通じて組織し管轄する、より広域的な権限をもつものであった。」のであれば、交易・貢納制を通じて糠部の馬を調達できたのは、糠部に接する岩手郡を支配する家衡であったに違いない。馬に限らず昆布、鷲羽などの北方産物の交易システムによる入手についても、北三郡を支配する家衡は有利な立場にあったであろう。したがって、北三郡分与が家衡にとって不利な措置であったとはいちがいに言えないと考えるものである。

二十三　義家が名簿《みょうぶ》の件は武衡が千任に言わせたと断言できたのは？

義家は捕らえられた武衡を「先日、僕従千任丸おしへて名簿ある由、申ししは、件の名簿、さだめて汝、伝へたるらむ。速やかに取り出づべし。」と責め立てた。義家がこのように断定的に武衡がこの件を千任に言わせたと言えた根拠は何か。

それは、前九年合戦当時そうした名簿の件を知り得る立場にあった者は武衡以外には考えられないからであろう。なぜなら、樋口知志（二〇一一）が指摘するように武衡が貝沢三郎武道と同一人物であったかはともかくとして、武則の三男であり、康平五年当時三十代前半と推定される武衡が前九年合戦に参陣していたことはほぼ確実であると考えるからである。このことは、既に前記十三、十五でも述べたとおりである。

二十四　義家を千任の残虐な処刑に駆り立てたものは？

櫓の上から義家に罵言を浴びせた千任に対し、義家をして異常なまでに残虐な処刑（舌抜き、主人武衡の首を踏ませる）に駆り立てたものは何かというと、その罵言の内容が、既に前記十五や十六で述べた前九年合戦についての武衡の認識、即ち頼義が武則に名簿を差し出して臣従を誓い、そのお蔭で安倍氏を滅ぼすことができたという認識そのものであったからである。この認識は、義家のアイデンティティー、歴史認識を真っ向から否定するものであり、決して認められないものである。義家の心境は、正に「もし千任を生虜にしたらむ者あらば、かれがために命を捨てん」というものであった。

参考文献

秋田県（一九七七）『秋田県史第一巻　古代中世編』　加賀谷書店
伊藤直純（耕餘）（一九一七a）『我観後三年役』　保古会
伊藤直純（耕餘）（一九一七b）「絵巻物詞書私考」八月七日から九月三日までの七回にわたり『秋田魁新報』に連載
伊藤直純（耕餘）（一九二一～一九二二）「後三年戦役私考」一九二一年一一月一日から翌年二月五日まで二八回にわたり『秋田魁新報』に連載
伊藤博幸（二〇一〇）「古典考古学から見た『陸奥話記』と『奥州後三年記』」発表資料　「蝦夷研究会50回記念シンポジウム」（二〇一〇年九月一八日）
入間田宣夫（一九九八）「鎮守府将軍清原真衡の政権構想」『弘前大学國史研究』一〇四・一〇五号
入間田宣夫（二〇〇五）『北日本中世社会史論』　吉川弘文館
遠藤巌（一九八六）「秋田城介の復活」『東北古代史の研究』　吉川弘文館
遠藤巌（一九九二）「「北の押え」の系譜」『アジアの中の日本史Ⅱ　外交と戦争』　東京大学出版会
遠藤祐太郎（二〇〇七）「延久蝦夷合戦と清原真衡・貞衡」『アイヌ文化の成立と変容―交易と交流を中心として―』　法政大学国際日本学研究所
大石直正（二〇〇一）『奥州藤原氏の時代』　吉川弘文館
小口雅史（二〇〇三）「延久蝦夷合戦をめぐる覚書」『日本中世の政治と社会』　吉川弘文館
加藤愼一郎（二〇一七）「吉彦秀武はいつ義家方についたか」『北方風土』74号　北方風土社
加藤愼一郎（二〇一八）「鎮守府将軍「清原貞衡」の正体―通字「衡」から考える―」『北方風土』75号　北方風土社
加藤愼一郎（二〇二〇）「『後三年記』・『康富記』から探る成衡像」『北方風土』79号　北方風土社
川島茂裕（二〇〇二）「藤原清衡の妻たち―北方平氏を中心に―」　奥羽史研究叢書3『平泉の世界』　高志書院
工藤雅樹（二〇〇九）『平泉藤原氏』　無明舎出版
斉藤利男（二〇一一）『奥州藤原三代』　山川出版社
斉藤利男（二〇一四）『平泉　北方王国の夢』　講談社
庄司浩（一九七七）『辺境の争乱』　教育社
白根靖大（二〇〇五）「中条家文書所収「桓武平氏諸流系図」の基礎的考察」『東北中世史の研究』下巻　高志書院

関幸彦（二〇〇六）『東北の争乱と奥州合戦』 吉川弘文館
高橋崇（一九九一）『蝦夷の末裔』 中央公論社
高橋崇（二〇〇二）『奥州藤原氏』 中央公論新社
中澤克昭（一九九九）「自焼没落とその後―住宅焼却と竹木切払」『中世の武力と城郭』 吉川弘文館
新野直吉（一九七四）『古代東北の覇者』 中央公論社
新野直吉（一九七八）「在地豪族の東北支配」『古代の地方史』第6巻奥羽編 朝倉書店
新野直吉（一九八六）『古代東北史の基本的研究』 角川書店
新野直吉（二〇〇六）「俘囚長と藤原氏」『古代を考える 多賀城と古代東北』 吉川弘文館
野口実（一九九〇）「十一～十二世紀、奥羽の政治権力をめぐる諸問題」『後期摂関時代史の研究』 吉川弘文館
野口実（一九九三）「平安期における奥羽諸勢力と鎮守府将軍」『古代世界の諸相』 晃洋書房
野口実（一九九四）『武家の棟梁の条件』 中央公論新社
野中哲照（二〇一三）「吉彦秀武の実像―二人の「荒川太郎」の関係を軸に―」『鹿児島国際大学国際文化学部論集』14巻1号
野中哲照（二〇一四a）「出羽山北清原氏の系譜―吉彦氏の系譜も含めて―」『鹿児島国際大学国際文化学部論集』15巻1号
野中哲照（二〇一四b）『後三年記の成立』 汲古書院
野中哲照（二〇一五）『後三年記詳注』 汲古書院
樋口知志（二〇一一）『前九年・後三年合戦と奥州藤原氏』 高志書院
樋口知志（二〇一六）「六 後三年合戦から平泉開府へ」『東北の古代史⑤ 前九年・後三年合戦と兵の時代』 吉川弘文館
平泉文化研究会編（一九九二）『奥州藤原氏と柳之御所跡』 吉川弘文館
元木泰雄（一九九四）『武士の成立』 吉川弘文館

第二章 『絵詞』の謎

一 上巻第一段 下手方向に向かう武者の一行は、金沢柵に向う武衡・家衡方の軍勢か？（別図1参照）

1 義家支援のために京から陸奥に下る源義光の一行と解する説

この一行が沼柵を捨てて金沢柵に向う武衡・家衡方の軍勢であるということは、これまで当然のことと考えられてきたように思われる。（注1） 然るに、藤原良章（二〇一四）は、この一行の先頭の武者が差し上げている旗の色が、その下方に描かれている沼柵に向う武衡の軍勢とされる一行の旗が黒色なのに対し、義家方と同じ白色なのは不可解であるという問題を指摘している。同論文は、『絵詞』の中にはこの他にもいくつか白旗が見えるが「いずれも、義家方の軍勢に限ったことなのである。これに対し、黒旗はこれ以外には描き込まれていない。自然に考えるならば、この白旗も義家方と解すべきであろう。」と記しつつも、残念ながら、問題を指摘するに止めている。

そこで、及ばずながら私見を提示してみたい。結論を先に言うと、この一行は武衡・家衡の金沢柵に向う軍勢ではなく、源義光の軍勢、より正確には義家の許に馳せ参じる途上の義光の少人数の一行でないかというものである。

当時にあっては国家レベルの一大プロジェクトと

も言うべき絵巻の制作に当たり、絵師が単純ミスで旗の色を間違うとは考えられない。だから、白旗を掲げているからには源氏に属する武者たちの一行と解すべきであろう。

もっとも、後三年合戦当時にあって白旗が源氏の専売特許であったという証拠は見出せない。（注2）

しかしながら、『絵詞』の成立時期は通説では貞和三年（一三四七）、野中哲照（二〇一四a）の新説でも鎌倉後期であり、既に源平合戦を経ているから、『絵詞』制作時においては、白旗＝源氏という観念は世間に定着していたと思われる。それゆえ、絵師はむしろこの一行の何たるかを、即ち源氏であることを絵巻の鑑賞者に示すため、敢て白旗を描いたと考えるべきであろう。

また、そもそも武衡・家衡の連合軍であるならば、下方の武衡単独軍よりも大人数に描かれるはずでないか。それがずっと少なく、もとより全体の一部を描いたものとはいえ、わずか六人なのである。武衡・家衡の連合軍であるとする通説は、この点でも退けられるであろう。

では、このような少人数の源氏方の一行で、この位置に描かれる可能性があるものがあるのか。当該上巻第一段の詞書にはそれらしいものは全く見当たらない。この段の前は『後三年記』の欠失部ゆえ『康富記』の記述しかないので、それを含め前後を見渡してみると、『康富記』には「重率大軍欲進発之」（重ねて大軍を率ゐて、これに進発せむと欲す。）とある中の「大軍」、第三段には国府から出陣する義家の「数万騎の勢」、第四段には同じく雁行の乱れの場面に差し掛かった「雲霞のごとくして野山を隠せり。」と記される義家の軍勢が登場するが、いずれも大人数ゆえ該当しないのは明らかである。残るは、第二段冒頭の来援した義光と当然彼に随行してきたであろう従者たちの一行だけである。然るに、この絵の人数の描き方は、院の許可が得られず官を辞して（注3）そこそこに奥羽に下った義光一行にこそふさわしいものでないか。（注4）

しかし、だとしても、なぜ第二段ではなく第一段に描かれなければならなかったのか。この疑問を解くため、つぶさに第二段を見てみよう。詞書の初めは義光来援の事が書かれ、絵の初めも義家と義光の対面の場面である。ところが、この段の詞書は極めて長い。『絵詞』全体で二番目に長い。義光来援の後に、前陣の軍の戦闘開始、景正の負傷、義家方の苦戦、助兼の危難と様々な事柄が転々と続き、ようやく始まる絵の先頭で義家と義光の対面の場面が現れる。つまり、義光来援の事を叙述する詞書からその事を表す絵までの間隔が空き過ぎて、詞書と絵との相互作用が働かないきらいがあるのである。それが、第一段の末尾に、その事の一部である奥羽に下る義光一行の姿があると、第二段の詞書を読みながらそれが目に入るので、そのきらいが大幅に緩和されるのである。もっと言うならば、第一段の末尾で「あれ、この源氏の一行は何だろう。」と注意を引いておいて、第二段の詞書を読み進めると、「ああ、義光の一行なんだな。」とわからせるのである。絵師が第二段の詞書（義光来援の事）の一部を先取りしてこのように第一段の末尾に絵として盛り込んだのは、こうした効果を狙ったものと考えられる。

このように絵が後段の詞書の内容を先取りする例は外の絵巻にもある。『伴大納言絵巻』の有名な子供の喧嘩の場面について、黒田日出男（二〇〇二）は「絵は、次の段の詞書にあるような、人々の噂話の場面とそれが朝廷にまで伝わるありさまをも描いてしまっている。ここでは、絵が詞書の内容を先に描いてしまっているのである。」と記している。

以上により、この項の初めの結論となるわけであるが、この論には大きな難点がある。それは、『絵詞』には錯簡（綴じ違えによる順序の乱れ）があり、この上巻第二段は、本来は第三段（義家の国府出陣）及び第四段（雁行の乱れ）の次に位置するものと一般に考えられていることである。

もしそのとおりだとすると、義光一行の絵と義光来援の詞書の間にはそれらとは異質の二段の詞書と絵が介在することとなり、一行の絵と来援の詞書との相互作用が働くどころか、その絵が義光一行を描いているということ自体が極めてわかりにくくなってしまう。おそらくその絵の一行は謎の存在になってしまうであろう。現に、藤原良章（二〇一四）の問題提起後はそうなっているのである。

この難点を解消する答えはただひとつ、『絵詞』に錯簡は生じておらず、その成立当初から現行の伝存する順序のものであったと解すればいい。この義光一行の絵は、第一段の次には第二段が続くということを前提とした絵師の創意工夫の産物と考えるべきではないだろうか。

（注1）宮次男（一九七七）、小松茂美編（一九八八）、横手市（二〇〇六）参照

（注2）屋代弘賢（一九〇七）に「後に源氏は白旗平家は赤旗といふ事は保元平治の頃よりや始なりけん（中略）然るに其赤白を用ゆる所以は正しき書に徴とすべきことなし」とある。屋代は江戸時代後期に生きた（一七五八～一八四一年）の幕臣で学者

（注3）これはあくまでも『絵詞』の詞書によるものであり、史実は、辞職を申し出たのではなく、勝手に奥羽に下り、解官されたものである。

（注4）野中哲照（二〇一五）は「義光が京から連れてきた兵は数十騎程度だろう（『義経記』には二百余騎とあるが信用できない）」とする。

2 『絵詞』に錯簡が生じていないという説の補足

前述のとおり義光一行説は、『絵詞』に錯簡は生じていないという説（以下「錯簡否定説」という。）を拠り所としている。また、次の二で述べる説も同様である。しかも、錯簡否定説は、ほぼ定説ともいうべき錯簡があるとする通説に反する説であるので、その補足をしておきたい。

まず、錯簡否定説は、『後三年記』については、いわゆる「貞和本」たる『絵詞』やそれに先行するいわゆる「承安本」その他の絵巻よりも先に、文字言語たる物語が成立したという説を前提とするものである。その上で、誤解のないように断っておきたいのは、「『絵詞』に錯簡は生じていない」とは、あくまでも『絵詞』は成立当初から伝存の順序のままであった、成立後の綴じ違えによる順序の乱れは発生していないという意味であって、内容的に、特に今日の目からみて順序の乱れがないということまで意味するものではない。したがって、『絵詞』の詞

書の基となった物語や『絵詞』が参考にしたであろう先行絵巻に既に錯簡が生じていた可能性は、否定していないのである。おそらく『絵詞』制作時に参考にしたであろう物語や先行絵巻のその時点における順序は『絵詞』と基本的に同じ順序になっていたことであろう。しかし、それはその物語や先行絵巻に錯簡が生じた結果であり、当該物語等の本来の順序はそうでなかったかもしれないのである。否、少なくとも物語にあっては、本来の順序はそうでなかったはずで、『絵詞』の錯簡修正後のそれと同じであったに違いない。なぜなら、『絵詞』の錯簡に関する通説、上巻第二段は本来同巻第三段及び第四段の後に位置するという説に立てば、こと詞書（物語）に関しては、庄司浩（一九七七）等が指摘するように伝来の順序の場合に存する矛盾憧着が解消されるからである。例えば第三段で義家がまだ国府にいるのだから、その場所を「陣」と呼ぶべきではないのに、第二段では義光の来援を「義光、思はざるに陣に来たれり。」とする矛盾が、錯簡修正後は義家の金沢柵到着後に義光が来援することになるので、「陣」と呼ぶにふさわしくなるなどがそうである。

では、なぜ『絵詞』の絵師は、錯簡即ち矛盾憧着のある詞書を基に絵巻を制作したのだろうか。国家的プロジェクトであるならば、それに気付いてしかるべきでないかとも言われそうである。（注5）これに対しては、次のように答えたい。

まず、絵巻制作の時点で、絵師の前には、既に伝来の詞書（物語）或は詞書を含む先行絵巻が置かれていたのである。その場合、所与としての詞書或は先行絵巻に既に錯簡が生じていたとしたらどうであろうか。しかも、そうした詞書や先行絵巻が権威あるものとして伝来しておれば、絵師としては、錯簡を疑うことなく、或は多少の違和感があっても、錯簡のあるがままの順序に即して（所与として先行絵巻がある場合には、当該絵巻の絵も当然ながら参考にして、）絵画化せざるを得なかったのではないだろうか。

また、今日においてこそ、長年にわたる歴史研究の成果により、沼柵の攻防は応徳三年（一〇八六）秋から冬にかけて、金沢柵の攻防は寛治元年（一〇八七）の秋九月から十一月まで、義光の来援は同じ年の秋八月から九月にかけてということが明らかになっているが、少なくとも『絵詞』制作時点においてもそうであったとは考えられないのである。金沢柵陥落の年が『絵詞』では「寛治五年」と記されているくらいであるから。したがって、ましてや金沢柵の攻防の具体的経緯即ち沼柵撤退の後の武衡加担、義光来援、上巻第二段の「前陣の軍」の戦い、義家の国府出陣等の前後関係が明らかになっていたとは到底考えられず、絵師が所与の詞書の順序に異を唱えることは極めて困難であったと思われる。このことは、伝来する『後三年記』の諸本（絵巻を含む。）がほとんどすべて（注6）『絵詞』の錯簡を維持していること、さらには現代においてすら、一九七〇年代の後半の時点で、既に美術史家が錯簡のあることを指摘しているのに「歴史家の間ではまだこれまでの順序でこの役の考察が行われている。」（庄司浩（一九七七））ことからも容易に窺うことができよう。

　このように、『絵詞』の絵師には、今日においては錯簡があるとされる詞書を所与のものとして受け取らざるをえないやむを得ない事情があったのである。よって、『絵詞』は成立当初から伝存の順序のままであったとする錯簡否定説もまた、十分に成り立ちうると考えるものである。

（注5）絵師に限らず『絵詞』全体の制作者（統括者）についても同様であるが、以下絵師に代表させて論じる。

（注6）現存する『後三年記』諸本（絵巻を含む。）のすべてが、東京国立博物館が所蔵する東博本『絵詞』を祖本とすることに間違いはないと思われるが、地元金沢地区で後三年合戦の顕彰に努めた戎谷南山が作成した模本（横手市の「後三年合戦金沢資料館」所蔵）のほか、もう一つのある模本で錯簡が修正されていたことが知られる。高本明博（二〇〇九）、拙稿・加藤愼一郎（二〇一七）を参照されたい。

3　前記1説への批判に対する補足

しかし、上巻第一段の絵の全体を俯瞰すると、問題の白旗の一行は、武衡と家衡が会談している場面とは霞によって区切られ、時と場所がそれとは異なることを示しているものの、第一段の構図全体の中では、どうしても当該会談の場面から全く独立した場面ではなく、それに付随した場面、即ち会談の結果、両者相まって金沢柵へ移る場面と見るのが自然であるという批判を免れないであろう。

では、そうした立場に立てば、この白旗はどのように解すればいいのか。それは、『絵詞』の絵師が参考にした先行絵巻(おそらく「承安本」であろう。)にも、武衡・家衡の会談の場面に隣接して同様に白旗の一行が描かれており、『絵詞』の絵師はそれを踏襲したと解するものである。そして、その前提としては、先行絵巻が制作された当時はまだ白旗が源氏の専売特許という認識はなく、ましてやそれよりも前の後三年合戦当時はそうなので、先行絵巻の絵師は、下手方向に向かう軍勢が武衡・家衡の連合軍であることを明示するため、武衡軍の黒旗とは異なる色の旗、即ち家衡軍の旗と見られる白旗を描いたものと考えるのである。

しかし、その場合、白旗＝源氏という観念が成立した世に生きた『絵詞』の絵師は、先行絵巻の絵師の意図を理解できたとしても、白旗を踏襲することに抵抗を覚えなかったのだろうか。やはり、源氏の一行と誤解されるのを避けるため、白旗以外の色の旗(武衡軍の黒旗を含む。)に変更することを選んだのではないか。ところが、『絵詞』の絵師はそうはしなかった。白旗を踏襲したのである。これはどう理解すればいいのだろうか。答えは、『絵詞』の絵師が見た先行絵巻には既に錯簡が生じていたことから、前記1で縷々述べた理由と同様の理由で当該絵師は白旗の一行は源氏即ち義光の一行であると認識したので、迷わず踏襲したということになるであろう。よって、仮令先行絵巻の絵師が武衡・家衡の連合軍として描いたとしても、『絵詞』の絵師は義光の一行として白旗の軍勢を描いたことに変わりはないと考えるものである。

なお、この項から後記四までは、拙稿・加藤愼一郎(二〇一六)を基にしたものであることを申し添えておく。

二　上巻第二段　柵内の建物の縁先で指図する態で立つ武者は誰で、何を指図しているのか？（別図2参照）

この場面は、鎌倉権五郎景正の負傷や伴次郎傔仗助兼が兜を失うという危難が描かれている柵外の戦闘場面に対応する柵内の様子を描いた場面の一部で、上巻第二段の末尾に位置する。同段の詞書にはこれに相当する記述はない。縁先に立って何やら指図しているのは武衡と解されているようだ。（小松茂美（一九八八）、横手市（二〇〇六）参照）武衡は何を指図しているのだろうか。指は負傷した兵やその兵を介抱する兵たちを指しているようにも見えるが、目は遠くを見据えている。

この第二段の柵内の様子を描いた場面全体について、宮次男（一九七七）は「詞書筆者が、これを書くとき、この段の草稿の最後の部分を書き落として、次段に移ったのではないかという見かた」もあるとする。しかし、野中哲照（二〇一四b）は、『後三年記』においては事件や場面の展開の連続性が表現されているとする。さらに、前記一で既に述べたように、『絵詞』には通説によれば錯簡があり、本来上巻中第二段は第三段及び第四段の後に位置すると解されているので、錯簡を正せば、この第二段の次には上巻第五段の冒頭の詞書「柵を攻むること、日数に及ぶといへども、いまだ落とし得ず。」がくる。第二段の詞書は助兼の危難の挿話で終るが、その直前には「力を尽くして攻め戦ふといへども、城、落つべきやうなし。（中略）死ぬる者、数知らず。」とあるので、私感では、第二段から第五段への連続性に何ら違和感は感じられない。よって、詞書の欠落があったとは考えられない。逆に言うと、この場面を含む柵内の様子を描いた部分は、物語の展開上は無くても支障がないのである。

とすれば、この場面は、やはり詞書自体を絵画化したものではなく、詞書から想像され、かつ、詞書に抵触しない範囲内での、柵外の戦闘に対応した柵内の様子を絵師が創造的に絵画化したものと解すべきであろうか。つまり、柵外でこれだけの戦闘が繰り広げられておれば、柵内では当然に負傷した兵がおり、武衡も戦闘を指揮して指図もしているだろうということである。

なお、だからといってこの絵（柵内の様子）の部分があることによる効果が全くないと言っているわけではない。これがあることによって、戦闘の激しさがより真に迫ってくるし、実はこれまで言及しなかったが、武衡の背後の屋内で大盛の飯を食べている武者の様子からは、後の兵糧欠乏の時との対比でまだまだ食糧に余裕があることを示唆するなど、詞書を補って余りあることは否定しない。必然性がないと言っているだけである。

以上は、錯簡の修正を前提とした論である。では、仮に錯簡を修正しないままだとどうなのだろうか。見てみよう。そうすると、この第二段の後には、順次上巻第三段の義家が国府から出陣する場面、第四段の雁行の乱れの場面が続く。まず注目すべきは、指図する武衡の姿が目に焼き付いているうちに第三段の詞書冒頭「国司、「武衡、相加はりぬ」と聞きて、いよいよ怒ることかぎりなし。」が目に入ってくることである。武衡加担という現実が絵と文の合体によってまさに真に迫ってくるのである。絵と詞書の見事なコラボレーションと言ってよいのではないか。

次に第四段に進むと、雁行の乱れの場面の伏兵について、その詞書に、地の文では「これ、武衡、隠し置けるなり。」と、義家の言でも「ここにて武衡がためにやぶられなまし」と出てくる。ここまで詞書のみを読んできた場合、読者は、なぜ家衡でなく武衡であると断定できるのか違和感を抱かないであろうか。しかし、絵と合わせて読んできた場合には、第二段の当該場面で指図をする武衡のイメージが刷り込まれているので、伏兵を武衡が隠したという記述が出てきてもすんなりと受け入れられるのである。「ああやっぱり武衡だったんだな」ということである。「あの指図はこの伏兵のことだったんだな」と思う読者だっているかもしれない。これが錯簡修正後だと、そうはいかない。詞書のみで前触れなくいきなり武衡が隠したとくるのだ。なぜ武衡なのかは納得できないきらいがある。（第一章十八参照）

以上、負傷者が居ったり、兵たちが豊富な食事をする場面は錯簡修正後とその効果に違いはないが、こと武衡が指図する場面があることによる効果、それにより物語の展開がわかりやすくなるという効果は、相当のものがある。つまり、この指図の場面は、錯簡を修正しない場合には、描かれることの必然性があるとまでは言えないものの、極めて後出の詞書と相性がよいのである。

これはどういうことなのか。答えは、前記一と同様『絵詞』に錯簡は生じておらず、その成立当初から伝存する順序であったと考えればよいのである。即ち、『絵詞』の絵師が与えられた詞書或は先行絵巻は伝存する順序のものであったのであり、それに即して絵画化しようとした結果、この武衡が指図する場面が挿入された（先行絵巻にもこの場面があった可能性はあるが、私見では消極）のである。当該場面は、展開の連続性を表現するため、平たく言えば物語の展開をわかりやすくするため、後出する武衡主導の伏兵を隠し置く等の諸策（注）を指図する彼の姿を、いわば象徴的に、かつ、先取りして描いたものと考えられる。それがまた、武衡加担の事実を印象付けることにもなっているのである。

（注）伏兵を隠し置く策のほかに両軍代表の一騎打ちの提案、千任の櫓の上からの義家罵倒、降伏の申し出、柵内への使者の招聘がある。

三　上巻第五段　紅葉した木や岩山の陰で集う兵たちは何をしているのか？（別図3参照）

この野外の兵たちは、上巻第五段の一般には「剛臆の座」を描いていると解されている場面の下手に描かれている。彼らは一体何をしているのだろうか。彼らについて、この段の詞書は少なくとも直接的には何も語らない。

笠栄治（一九七一）は「第五段は剛臆の座と言えるものなのかどうか、これは疑えば疑問が深くなろう。そうしてその後の図は何を意味しているのか。」と、上手の剛臆の座説にも疑問を呈した上で、この兵たちの図については意味不明としている。小松茂美（一九八八）も「上下に大きな霞を引く。山陰に義家の随兵たちの姿がちらつく。（中略）外は、今を盛りの紅葉が燃えるような、美しさをみせている。空鞍を置いた馬、大薙刀を手にする兵たち、とりどりに戦陣のいこいの間の一刻である。」と、詞書とは無縁の絵であると解しているようだ。

しかし、果たしてそうだろうか。まず考えられるのは、次の解釈である。同じ第五段の詞書の中に、剛臆の座が設けられたことに関連して、末割四郎はじめ臆病な者五人が略頌《りゃくじゅ》という唄に名を詠み込まれて嘲弄された旨が書かれていることに着目すると、この場面は、戦の合間に兵たちがその唄を詠んだり、それを話題にしている姿を描いたものであるとするものである。これは、同じ段の詞書の主旨と一致する点で説得力があるが、絵自体から唄を詠んでいる姿であるとまでは判別できないのが弱点である。

二つ目の解釈は、この絵の次が中巻の第一段であることから考えられる解釈であり、前記一と同様に、その段の内容の先取りというか伏線となっている絵であるとする解釈である。同段の詞書の冒頭には兵糧攻めを献策する吉彦秀武の言が載っており、その書き出しは「城の中堅く守りて、御方の軍、すでに泥《なづ》み侍りにたり。」とある。この絵は、このように義家軍がもはや攻めあぐんでいる様子を描いたものともとれそうである。

このように二つの解釈が考えられるが、現段階では前者に軍配を上げたい。その理由は次のとおりである。

後者のように攻めあぐんでいる様子と解するには、兵たちの表情や雰囲気がのんびりしているというか明る過ぎる。他方、前者にあっては、白旗を差し上げている右端の兵の視線に着目すると、それが、前掲の、笠栄治（一九七一）の評はともかく一般には、剛臆の座を描いたものと解されている陣所に注がれていることがわかる。ということは、兵たちの姿は、剛臆の座の様子を窺った上で、それについて何らかの反応、つまり臆病者を嘲弄するという反応を示している様子を描いたものと解するのが自然であると考えられるからである。

四　中巻第二段　柵内の建物の縁先で語り合う二人の武者は誰で、その話の内容は何か？（別図4参照）

『絵詞』の絵には、それに対応する詞書がないものが相当数ある。広い意味では、後記七で論ずる綾藺笠《あやいがさ》の人物が登場する場面などもそれに入ると思われるが、この二人の武者が語り合う場面はその典型的なもののひとつである。これは、鬼武・亀次の一騎打ちの後、両軍が入り乱れて戦い、臆病者の末割四郎惟弘が戦死する場面に続く場面で、柵内の様子が描かれている。二人の武者のうち、跪いているのは家衡の乳母である千任、立っているのは武衡或は家衡と解されているようだ。（宮次男（一九七七）、小松茂美（一九八八）、横手市（二〇〇六）参照）しかし、笠栄治（二〇〇〇）が「或いは金沢城内で何かあわただしく語り合う主従の図等、詞章からは理解できない、絵解きのできない部分があり」と、小松茂美（一九八八）も「この二人は、いったいどんな会話を取り交わしているのであろうか」と記すように、会話内容をはじめ絵の確かな意味は不明とされているようだ。

そこで、私見を提示したい。千任の右手は櫓の方を指している。然るに、この場面に続く中巻第三段は千任が櫓の上から「汝が父頼義、貞任・宗任を討ち得ずして、名簿《みやうぶ》を捧げて、故清将軍を語らひ奉れり。ひとへにその力にて、たまたま貞任らを討ち得たり。」などと義家に罵言を浴びせる場面である。しかも、下巻第三段では、生捕にされた武衡を召し出した義家が「武則、かつは官符の旨に任せて、かつは将軍の語らひによりて、御方に参り加はれり。しかるを、先日、僕従千任丸おしへて名簿ある由、申ししは、件の名簿、さだめて汝、伝へたるらむ。」などと言って武衡を責めている。つまり、義家は武衡が名簿の件を千任に言わせたと言っているのである。とすれば、縁先に立つ武者は武衡であり、彼と千任は、櫓の上から前九年合戦のときに頼義が武則に名簿を差し出したなどと罵ることを話し合っている、より具体的には、武衡がそのことを指示し、千任がその指示内容について櫓を指差しながら確認している場面と解する。即ち、この場面は、後出する千任の櫓の上からの義家罵倒の場面や義家が捕えた武衡を責める場面の伏線というか先取りなのである。

ここまでくると、この項（四）の冒頭で、対応する詞書がない絵の典型例と表現したのは不正確かもしれない。確かにこの絵がある中巻第二段の詞書にはないが、後段の中巻第三段と下巻第三段にはこのような場面の存在を想起させる詞書があるのである。また、絵が後段の詞書の内容を先取りする例があることは既に前記一で指摘したところである。

以上より、宮次男（一九七七）のこの絵巻についての評「各画面は詞書の内容がじつに忠実に絵画化されているところに特色がある。」は、当該段だけを見れば当てはまらないようであっても、絵巻全体に目を配れば、やはり適切であるといえよう。

五　上巻第二段冒頭　義家の陣に参じて彼と対面する義光が極めて若々しく描かれているのは？（別図5参照）

源義光の生没年は一〇四五年〜一一二七年と言われている。であれば、この対面時（一〇八七年）は四十二歳前後である。当時四十八歳前後と推定される義家と遜色のない壮年男性の風貌に描かれて然るべきである。ところが、小松茂美（一九八八）はこの絵の義光を「小冠者」（年若い元服して間もない若者の意）と形容している。それほど若い風貌で描かれているのだ。これは、絵師の誤解によるものか、はたまた意図的なものか。思うに、黄瀬川での頼朝・義経の対面場面（義経は当時二十歳前後か）の逆投影ではなかろうか。つまり、『吾妻鏡』等によれば、当該場面において両者は後三年合戦の際の義家・義光の対面を佳き前例としてそれに重ね合わせて感涙の対面をしていることから、往時の対面時の義光も義経のような若武者であった或はあってほしいという『絵詞』制作当時の人々の誤解或は願望が、絵師をして若い義光を描かせたと思われるのである。なお、この黄瀬川での対面は一一八〇年のことなので、一一七一年に制作された「承安本」では、この対面の故事に影響されるはずはなく、かつ、没後五十年に満たない義光についての記憶もまだ廃れてはいなかったであろうから、このように若くは描かれていなかったと考えられる。したがって、「若い義光」は明らかに『絵詞』の絵師の発案であろう。

ところで、義光はこの義家との対面の場面以外では描かれていないのか。これについて、『絵詞』に錯簡があることを夙に指摘した書として有名な櫻井清香（一九四〇）は「立派な兜は義家の龍頭と、今一人古式の鍬形打つた兜を使用してゐる人が中巻下巻に各一人づヽ居ます。之れは鎧の威色から同一人と目すべく、義光に擬すべきであります。」と記している。確かに、鍬形の兜を冠った武者が中巻第一段（鬼武・亀次の一騎打ちの場面。別図6）と下巻第三段（武衡・千任の処刑の場面。別図7）にそれぞれ一人ずつ描かれている。いずれも凛々しい風貌の若武者であり、威の色も絵具の剥落が進み定かではないが、義家との対面の場の義光のそれに似ているように思われる。

櫻井説が正しければ、『絵詞』の絵師は一貫して義光を若武者として描いていることになる。しかし、正直なところ、私感では、義家との対面の場はともかく、中巻、下巻の凛々しい若武者の風貌は、詞書が記す武衡に宥和的な義光には似つかわしいとは思われないのである。また、下巻の詞書に忠実に描こうとするならば、武衡は義光を頼って命乞いをし、義光はそれに応えようとしたが、結局義家に拒否されていることから、義光の描かれるべき位置は、第一には武衡が義家の前に引き立てられて頭を下げている場面、それが適わないなら第二にはちょうど義家のすぐ後ろに付き従うように描かれている（落胆しているようにも見える）綾藺笠を冠った武者の位置がふさわしく、現に描かれているように、千任が木に吊るされて必死に主武衡の首を踏むまいと努める姿を義家よりも先行した位置で興奮した面持ちで凝視する義光の姿というのは、どうしても違和感がある。この点で、櫻井説にはいささか疑問が残らざるをえない。

思うに、先行絵巻たる「承安本」においても『絵詞』の中巻、下巻に描かれている義光に擬せられる若武者が描かれていたかというと、それは疑問である。なぜなら、既述したように、「承安本」では、義家と義光の対面の場面からして、義光は若武者には描かれていなかったであろうと考えられるからである。即ち、『絵詞』では、対面の場での義光を若武者に変えてしまったことにより、その後の義光が登場する各場面の構成（義光をどう配置するか）も「承安本」とは大きく変容したのではないかと思われるのである。極論すれば、櫻井説で義光とされる中巻、下巻の若武者像は「承安本」では存在しなかったものであり、『絵詞』で初登場したものかもしれない。その場合、「承安本」では別の武者像（例えば、当該両場面で義家に近侍する綾藺笠の人物）を義光に擬していた可能性もありえないことではないと思われるのである。この綾藺笠の人物については後記七で別途論じることとする。

なお、小松茂美（一九八八）は下巻で斬首されようとする間際の武衡の正面に立つ薙刀を手にした男を義光とするが、この武者の出立は副将軍たる義光にしては軽装に過ぎ、かつ、顔貌があまりにも猛々しく、武衡に同情的な義光の表情とは到底考えられないので、賛同しがたい。

六　下巻第三段　斬首されようとする間際の武衡の姿は、詞書と異なり、命乞いしているように見えないのは？（別図8参照）

城中の池に隠れていたところを発見され、生捕にされた武衡は、義家の前に召し出され、糾問される。その際の武衡の態度は詞書によれば「首を地に付けて、あへて目を擡《もた》げず、泣く泣く「ただ一日の命を賜へ」といふ。」とあり、さらに「武衡率て、斬らむとする時に、義光に目を見合はせて、「兵衛殿、助けさせ給へ」といふ。」とあるように命乞いをするばかりである。これに対し、絵の前者に対応する場面は義家の前でうなだれる姿に描かれており、概ね詞書に沿ったものと言えよう。しかし、後者に対応する場面は、目を瞑り、合掌した姿であり、処刑されるのを観念した姿である。これでは、後者に対応する場面と言えないのではないか。

これはなぜか。考えられるのは次のいずれかであろう。一つ目は、絵師の武衡に対する惻隠の情によるものである。絵師にとって、武衡の命乞いする姿そのものを描くことは忍びがたかった、義家の言によれば「濫りがはしく片時の命を惜しむ」姿を描くことは、死者を鞭打つようで気の毒でできなかったので、その直後に訪れたであろうところの観念し、死を受け入れた姿を描いたとするものである。二つ目は、絵師には、詞書が納得できなかった、即ち武衡がこのような命乞いをするとは思われなかったので、少なくとも最終的には訪れたであろうと考えられる観念した姿を描くことによって、不本意な絵を描くことを回避したとするものである。

確かに、その加担を聞いて義家の怒りが限りなくなるほどの手強い敵である武衡が一日の延命を乞うとは、俄かには信じがたい話である。『陸奥話記』の描く前九年合戦における安倍貞任の最期が、「将軍責罪貞任一面死矣」（将軍罪を責め、貞任、一面して死せり）とあるのとは、際立った対称をなしている。むしろ、物語作者が『陸奥話記』との対比を意識して、そのように脚色したことを疑いたくなるような話である。その背景には、『後三年記』の物語原本が清衡の影響下で成立したという事情があり、物語作者には、武衡を貶めることにより清衡を正当化しようとする意識が働いたことも考えられる。後世において前九年の安倍氏に比較して清原氏の人気が今一つなのもここに起因するのではないかと思ってしまうほどだ。

二つ目については、当時の絵師は、今日の我々と違って、『後三年記』のそうした成立事情を知る由がない以上、詞書に疑問を抱くことはなかなか難しいことであり、結局、一つ目が穏当なところであろう。ただし、詞書が叙述する武衡の姿をそのとおり絵に描くことを躊躇していることからすれば、二つ目と大差はないかもしれない。

七　中巻第一段・下巻第三段　綾藺笠《あやいがさ》を冠った人物は清衡か？（別図6、別図7参照）

藤原良章（二〇一四）は、この綾藺笠（流鏑馬の射手が冠ってるような笠）を冠った人物の正体は藤原清衡（当時は清原清衡）であるとする。この人物は二つの場面、いずれも義家方が集結している場面に登場し、必ず義家の後ろに控えている。詞書に登場する人物について絵師は丹念に彼らのエピソードを活写しているのに、綾藺笠の人物について詞書は一切語らない。とすれば、詞書に登場する人物で絵の他の場面には現れていない人物こそ、綾藺笠の人物の正体となろう。しかも、義家に近侍する重要な人物となれば、清衡をおいて他にはあり得ないというのだ。そして、義家が極めて猛々しく描かれているのに対し、対照的に、すましたような、気品のある顔立ちで、平泉の平和を象徴する人物として描かれたのかもしれないとする。非常に魅力的な説であり、今日においては、通説の地位を獲得しているようにも見える。（注1）

この説について、当初から、著者には疑問がないわけではなかった。この人物が源義光である可能性は全くないのだろうかというものである。攻囲軍の中で義光はナンバーツー、副将軍の立場にある。したがって、彼が義家のすぐ後ろに控えていても不思議ではない。しかも、彼は柵軍に対して宥和的な態度をとっており、武衡も講和と助命を彼に託したほどだ。さらには笙《しょう》の名手とも伝えられるいわば風流人でもある。それゆえ、いわば義家に比べ非戦闘モードに描かれた人物像は、義光こそふさわしいとも言えよう。さらに牽強付会と言われるのを恐れず付け加えるならば、綾藺笠姿が最も似つかわしい人物は義光でないかとさえ思われなくもない。なぜなら、綾藺笠は、馬上で弓を射ても縁がひるがえって邪魔にならないため武士に愛用された藺笠の一種であり、今日でも流鏑馬の射手が着用するものとして知られるところ、義光は弓馬の術に優れた武将と伝えられているからである。ちなみに、秋田市立千秋美術館が所蔵する「新羅三郎伝笙秘曲図」（伝不詳）には綾藺笠姿の義光が描かれている。このような絵が遺されているということは、義光が綾藺笠姿で描かれる粉本があったことを、さらには、そのように描かれることが多かったであろうことを窺わせるものである。

義光説の弱点は、綾藺笠の人物と、義家との対面の場面に描かれている義光の鎧の縅の色が素人目にも同じ色には見えないことである。義家をはじめ複数の場面に登場する人物は基本的に同じ装束で描かれているようだ。とすれば、やはり義光ではあり得ないのかもしれない。しかし、少なくとも武衡については、基本的に赤地の直垂姿で描かれているが、講和のため城内に招き入れた季方との対面場面などでの装束は異なっている。それゆえ、義光とて、都からの長旅でやっとたどり着いた時の装束と本格的な戦闘場面のそれとでは異なることもあり得るのではないか。現に、前記五で述べたように、著者は賛同しがたいものの、小松茂美（一九八八）は、武衡が斬首される場面に薙刀を手にして立ち会っている武将を義光と解しているにもかかわらず、その鎧の縅の色は義家との対面時の義光のそれとは全く異なっている。こうした主張がなされるということは、絵巻において同一人物はすべての場面で同じ装束で描かれるとは限らないのではないかということである。

ここまで義光説を捨て難い理由を縷々述べてきたが、残念ながら義光説にとっては致命的とも言える指摘を見つけた。それが、前記五で既に紹介した櫻井清香（一九四〇）の鍬形の兜を冠った若武者が義光であるとする説である。これが正しければ、この若武者と同一場面に描かれている綾藺笠の人物が義光であることはありえない。その結果、消去法でその人物は清衡に落ち着くことになろう。もちろん理論上は清衡と共に包囲網の一方を任せられた重宗の可能性もあるが、義光、清衡ほどの重要人物とは言えないから、絵師が清衡を省いて重宗を描くことはありえないであろう。

　確かに、この若武者と、義家との対面場面における義光の鎧の縅の色が似ていることも考慮すれば、櫻井説及び綾藺笠の人物＝清衡説の優位は動かない。現段階において、このことは潔く認めざるをえない。しかし、前記五で述べたように、櫻井説にはいささか疑問が残り、鍬形の兜を冠った若武者は『絵詞』で初登場した可能性も全く否定できない。その場合には、少なくとも『絵詞』の先行絵巻である「承安本」においては、綾藺笠の人物＝義光であった可能性もまた否定はできないと考える。

　よって、最終的な結論は、正にないものねだりではあるが、『絵詞』の現存しない前半三巻の中に描かれている清衡像の中に、綾藺笠を冠った出立の像があるかどうかによって決するしかない（逆に言うと、前半三巻が見つからない限り決着は付けられない）と考える。即ち、あれば現存『絵詞』の綾藺笠の人物は清衡に間違いないが、なければ清衡とは断定できないという結論になるであろう。というのは、黒田日出男（二〇〇二）が記すように「絵巻は一般的に主要な登場人物はすぐにわかるように描かれるのであり、だれであるかが不明な、ないしは判断に迷うような〈謎の人物〉として描かれることはまずない。」と思われるからである。つまり、現存『絵詞』は後半三巻しかないため、綾藺笠の人物は一見すると謎の人物であり、消去法によりやっと清衡に思い到ることができる状態であるが、『絵詞』の全巻がそろっており、かつ、綾藺笠の人物が清衡であるならば、『絵詞』の前半部分で明らかに清衡とわかる人物が登場する場面の少なくとも一場面（もっとも可能性が高いのは沼柵合戦の場面か）においては、清衡は現存『絵詞』の中巻、下巻に登場する綾藺笠の人物と同様の出立で描かれていたはずであり、そもそも謎の人物となる余地はなかったのである。他方、本来の義光は鍬形の兜の若武者ではなく綾藺笠の人物であったならば、前半部分に清衡が綾藺笠を冠った姿で登場することはなかったはずである。

　以上、不本意ながら、『絵詞』の前半三巻が見つからない限りわからないという結論になってしまったが、義光が若武者に描かれている不自然がある以上、やむを得ないと考えるものである。

なお、藤原良章（二〇一四）は、「平泉で作成された詞書だけを見て絵師が新たに構成した絵だとすれば、あの二カ所に清衡を描き込む必然性は全くない。すなわち、平泉で構想された絵であったからこそ、なんの説明もないまま、絵には綾藺笠の清衡が暗喩的にわざわざ描き込まれたのだ」と記すが、疑問である。少なくとも、綾藺笠の人物が描かれた場面はいずれも義家方が集結した場面であり、そこに主要なメンバーである義光や清衡が描かれていても何ら不自然ではない。現に武衡は前記二や四で指摘したように詞書には登場しない場面でも描かれている。詞書だけを見た「承安本」或は『絵詞』の絵師が綾藺笠を冠った清衡或は義光を当該箇所に描き込む余地は十分あったと考えられる。したがって、綾藺笠を冠った人物を根拠として、『後三年記』原本と同時期に、『絵詞』及び「承安本」の元になった絵が平泉で作成されたとするのは早計に過ぎよう。（注2）

（注1）樋口知志（二〇一六）も、この綾藺笠の人物について「これが清衡であると思われる（中略）千任の処刑を見守るその人物の目は愁いを含み悲しげで、後三年合戦にまつわる清衡の辛く苦しい記憶を物語っているようにもみえる」と記す。
（注2）野中哲照（二〇一四b）は、吉田経房の『吉記』承安四年三月十七日条で承安本について「件事雖有伝言委不記又不画静賢法印先年奉院宣始令画進也」（件の事伝言有りと雖も、委しくは記さず、又画かず。静賢法印先年院宣を奉りて始めて画き進らせ令むる也。）とあるのを受けて「絵巻物に仕立てられたのはこの時が初めてであったというのは、事実だろう。」とする。

参考文献

加藤慎一郎(二〇一六)「『後三年合戦絵詞』謎解きの試み」『北方風土』72号　北方風土社

加藤慎一郎(二〇一七)「錯簡のない『後三年合戦絵詞』―『金沢史叢』で伊藤直純が紹介―」『北方風土』73号　北方風土社

黒田日出男（二〇〇二）『謎解き　伴大納言絵巻』小学館

小松茂美編（一九八八）『日本の絵巻14　後三年合戦絵詞』中央公論社

櫻井清香（一九四〇）『戦記絵巻の研究』日本文献資料研究所

庄司浩（一九七七）『辺境の争乱』教育社

高本明博（二〇〇九）「戎谷南山臨模「後三年合戦絵詞」における錯簡修正の問題について」『北方風土』57号　北方風土社

野中哲照（二〇一四ａ）「東博本『後三年合戦絵詞』の制作時期」『国際文化学部論集・第15巻第2号』鹿児島国際大学国際文化学部

野中哲照（二〇一四ｂ）『後三年記の成立』汲古書院

野中哲照（二〇一五）『後三年記詳注』汲古書院

樋口知志（二〇一六）「六　後三年合戦から平泉開府へ」『東北の古代史⑤　前九年・後三年合戦と兵の時代』吉川弘文館

藤原良章（二〇一四）「『後三年合戦絵詞』の世界」『中世人の軌跡を歩く』高志書院

宮次男（一九七七）「「後三年合戦絵詞」について」小松茂美編『日本絵巻大成15　後三年合戦絵詞』中央公論社

屋代弘賢（一九〇七）『古今要覧稿』第二巻　国書刊行会

横手市（二〇〇六）『横手市史　史料編　古代・中世』

笠栄治（一九七一）「「後三年合戦絵詞」とその伝承」『語文研究』第三十一・三十二号　九州大学国語国文学会

笠栄治(二〇〇〇)「『奥州後三年記』の成立」栃木孝惟編『軍記文学の始発―初期軍記』汲古書院

別図1

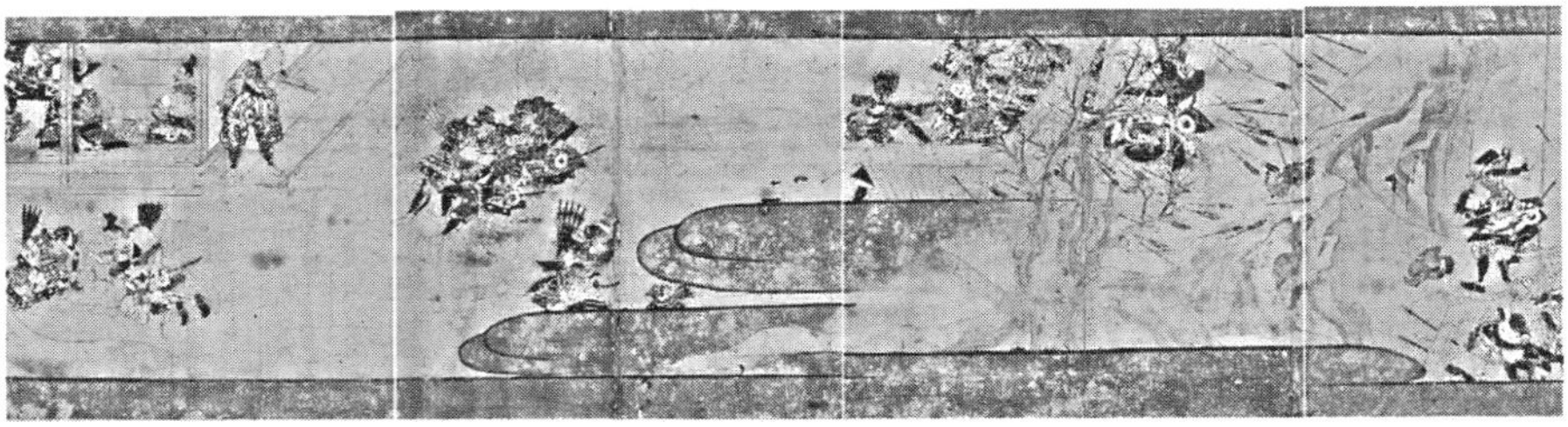
別図2

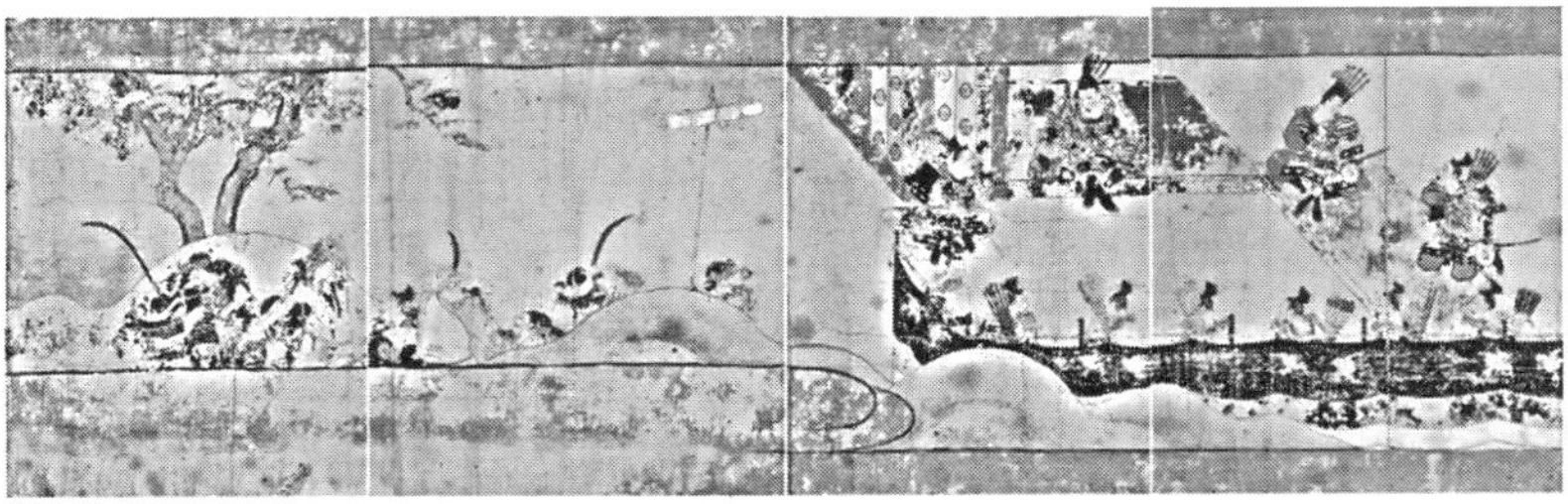
別図3

別図4

別図5

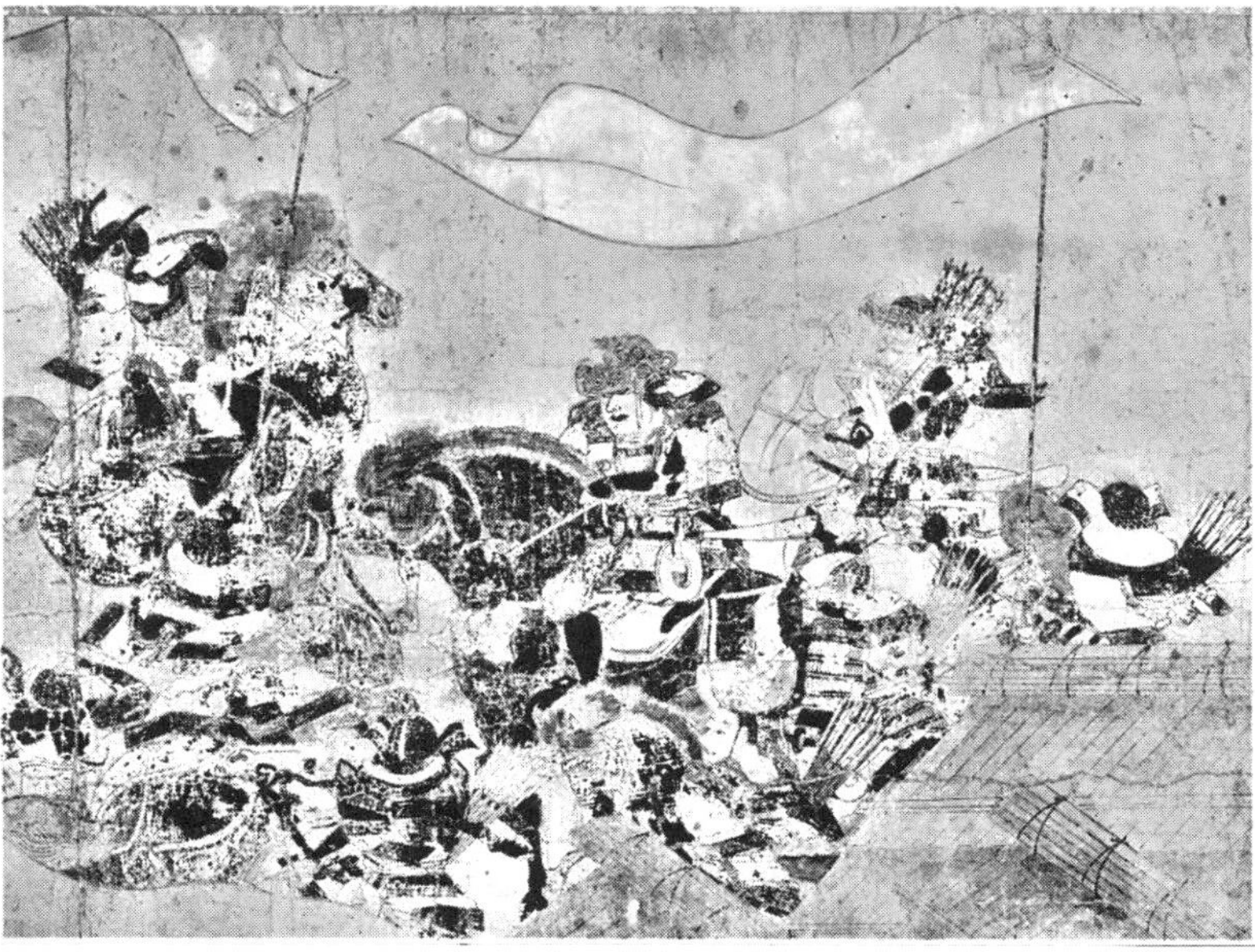

別図6

別図7

別図8

（注）以上の図は、ColBase（国立文化財機構所蔵品統合検索システム）が提供する「後三年合戦絵詞」の画像を加工して作成したものである。

第三章　金沢柵はどこ？

一　金沢城跡説への疑問

金沢柵がどこにあったのかについては、郷土史家深沢多市が昭和七年の『秋田縣史蹟調査報告　第一輯』において、当時「金沢柵阯」と称されていた金沢城跡（麓の根小屋集落から比高差約九十メートルの尾根上の本丸、金沢八幡宮が鎮座する二の丸、北の丸、西の丸から成る山城）であることに「何人からも異議あることを聞かない」と指摘しているように、近世から今世紀初頭に至るまでは金沢城跡説がほぼ自明であるかのように語られてきた。

その後、横手市教育委員会は、ここ十数年にわたって精力的に遺跡調査を実施し、検討を重ねてきた結果、今日においては、金沢城跡とそれと羽州街道を挟んで向き合う陣館遺跡を一体として（陣館遺跡は宗教空間か）金沢柵推定地とし、特に金沢城跡西麓部に柵の本体である館を想定するに至っている。（島田祐悦（二〇二〇）参照）

しかし、この見解もまた金沢城跡の一部と周辺部を金沢柵の中核と想定している点において、依然として金沢城跡説に属すると見ることができそうであり、その意味で、金沢城跡説は今日にいたるまで一貫して命脈を保っていると考えられる。

にもかかわらず、著者は、未だに、『後三年記』の記述からみると、金沢城跡説についてはいくつかの疑問を捨て切れないでいる。

その点、ここに、金沢城跡説を真っ向から否定した論文がある。それは、戦前、昭和十三年に有馬成甫海軍大佐が『軍事史研究』に掲載した「金澤柵阯に就て―現在の地點は誤なる旨の考證―」という論文（有馬成甫（一九三八））である。

有馬大佐は昭和九年に現地を訪れ、そこで後三年合戦の顕彰活動に取り組んでいた戎谷南山の案内により八幡神社（現在の金沢八幡宮）付近を踏査した模様で、その結果と『後三年記』や『絵詞』の記載を踏まえ、「現在後三年役金沢柵阯と称せらるる秋田県仙北郡金沢町字根小屋百八十五米高地（県社八幡神社鎮座）は後三年役当時の柵阯に非ず」、すなわち金沢城跡尾根上の本丸等本体部は金沢柵跡ではないと論断している。その論拠は概ね次のとおりであり、その中の2が『後三年記』関連である。

1　城の位置、縄張の形式等からみて平安時代のものではあり得ない。

2　『後三年記』や『絵詞』の所記と合致しない点が多い。即ち、

(1)「岸高くして、壁の峙《そばた》てるがごとし。遠き者をば矢をもちてこれを射、近き者をば石弓を外してこれを打つ」という記述は現在の地形に合わない。つまり、壁立たせる岩岸もなく、攻城軍が城の際まで近づけず、山上から山下に弓を射たり石を落とす戦はできない地形である。

(2)義家軍は柵の四周を取り巻いたとあるが、現在の地点は包囲不可能の地形である。

(3)千任が櫓の上から義家に罵言を放つ場面があるが、現在の地点では人の声をもって城中から城外に通ずることは不可能である。

(4)城中には数多の城兵、家族を収容する住居が相当あったと推定されるが、現在の地点では大人数住宅等を収容できない。

(5)武衡が隠れた城中の池は、現在の地点にはその存在の可能性がない。蛭藻沼はその位置が城内ではないから論外である。

3　八幡神社は後三年合戦直後義家が勧請したと伝えられるが、であれば、落城の際人馬殺焼の悲惨な地点を選ばずに、他の浄地を選んだはずである。これに著者なりのコメントを加えると、

1について　これまでの諸調査によって、現在目視される金沢城跡は中世金沢城であることが明らかとなってきており、その限りではそのとおりである。

2について　金沢城跡尾根上の本丸等本体部であれば、概ねそのとおりと思う。ただし、

⑴について　金沢城跡西麓部では柵（柱穴列）、陣館遺跡では段状地形が見つかっているので、所記に合致する可能性がある。

⑵について　金沢城跡西麓部や陣館遺跡であっても、背後に金沢城跡本体部が隣接する以上、同様であろう。

念のため、本当に包囲不可能と言えるか検証してみよう。有馬大佐の言う「包囲不可能の地形」とは、金沢城跡の少なくとも東側から南側にかけては狭い沢筋や尾根筋が絡み合い、陣の幕を張るような平坦地はないに等しく、正に山地の態を為しており、それが奥羽山脈本体に連なっていることから、大軍を長期間配置して包囲することなど到底できない地形であるとの意かもしれないが、より微視的に見てみよう。すると、西側は、陣館遺跡まで柵の範囲に含むとすれば現在の国道十三号（金沢バイパス）に沿い、含まないとすれば羽州街道（旧国道十三号）に沿い、北側は厨川に沿った布陣で祇園寺辺りまでは包囲可能であろう。しかし、東側から南側にかけては、祇園寺から南に延びる狭い沢と、国道十三号と羽州街道とが交わる辺りから東に延びる狭い沢があり、更に、これら二つの沢を分断するかのように本丸からおおよそ南の方向に尾根がずうっと延びている。したがって、確かに起伏や幅員など居住性を捨象すれば、物理的には両沢筋から尾根を横断する経路で人が一列になって包囲することはできよう。しかし、『後三年記』が「軍《いくさ》を捲きて陣を張りて、館を捲く」、「城を捲きて、秋より冬に及びぬ」と記すように、誇張はあろうが「数万騎の勢」と表現されるような軍勢を、長期間にわたりこの東側から南側にかけても配置し、陣の幕を張って城館を取り巻くことができる地形とは思われな

い。有馬大佐も、当然、軍事の専門家として、物理的な観点ではなく軍事上の観点から「包囲不可能」と断定したと考えるのが妥当であろう。

もっとも、こうした論に対しては、文字通り包囲しなくても要所〳〵を抑えることで、包囲と同じ効果が期待できるから、事実上包囲したと言えるといった反論が予想される。即ち、前述した二つの沢の出口と本丸から南に延びる尾根の三点を封鎖すれば、包囲したに等しいというような論である。

確かにこの方法なら狭い沢や尾根を、大軍を配置することなく少人数の要員を交代で配置することで封鎖することができるかもしれない。逆に、狭いがゆえに大軍を配置できないので数の優位はなく、敵の精鋭部隊には封鎖を突破されるおそれもあり、軍事上の観点からは疑問が残る。いずれにせよ、私感では、どうしても『後三年記』の「軍を捲きて陣を張りて」という記述にはなじまないと思わざるを得ない。

⑶について　金沢城跡西麓部や陣館遺跡なら可能であろう。

⑷について　野中哲照（二〇一五）は金沢柵の籠城人数について地元金沢の人伊藤金之助の「ほぼ三千人」説に賛同するとしている。これに従えば、金沢城跡尾根上の本体部であれ金沢城跡西麓部であれ、これだけの人数を収容するには狭すぎるのではないか。なお、陣館遺跡は宗教空間とすれば居住域からは除かざるをえないであろう。

⑸について　自然の池沼でなく、苑池又はそれ類似の人工池であれば、小規模ゆえ存在した可能性はあろう。しかし、その場合、身を隠す場所としては疑問が残る。（第一章二十一参照）

3について　新野直吉（一九六五）も「敗者の死で血ぬられた敵の本拠に、神聖な勝者の氏神が勧請されることなどは常識上慮外の事に属する」と、同様の見解を示しており、傾聴に値しよう。ただし、金沢城跡西麓部や陣館遺跡であれば、八幡神社の鎮座地そのものではないので、この指摘はストレートには当てはまらないであろう。

以上は有馬大佐の指摘に関してであるが、私見では、金沢城跡説には『後三年記』の記述からみると、なお次のような疑問がある。

1　雁行の乱れの段には「将軍の軍、すでに金沢の柵に至り着きぬ。雲霞のごとくして野山を隠せり。」とある。はなはだ文学的な表現であり、多様な解釈が可能であろうが、私感では、この「野山」には金沢柵（城）自体も含まれるのではないか、つまり、大軍が押し寄せ、金沢柵を含む野山一体が軍勢によって覆い隠されたかのような情景を表現していると思われるので、金沢柵自体もほかの山と同様なだらかな丘陵状の低山でないだろうか。それが金沢城跡だとすると、麓からの比高差がありすぎて覆い隠されるようには見えないだろうと思われるからである。

2　鬼武・亀次の一騎打ちの段では「亀次、城の中より降り下るに、二人、闘ひの庭に寄り合へり。両方の軍、目も叩かず、これを見る。」とあり、亀次が首を切り落とされると、「城中の兵、亀次が首を取られじと、中より、轡を並べて駆け出づ。将軍の兵、また、亀次が首を取らんとて、同じく駆け合ひぬ。両方乱れ交りて、大いに闘ふ。」とある。また、金沢柵が陥落した段では「戦ひの庭、城の中に伏したる人馬、麻を乱るがごとし。」、「戦ひの庭を逃げて遁るる者、皆、次任に得られぬ。」とある。

こうした記述からすると、柵（城）を降った前面には両軍がその陣地（柵軍は城中）から騎馬で駈け出してきて入り乱れて戦うほどの平坦な面的広がりがあることが推測される。なおかつ、柵（城）には、その内から複数の馬が首を横一列に並べて駆け降りるような出入口も備わっている構造も必要であろう。こうした広がりや出入口跡を見出すことは、麓からの比高差がありすぎる金沢城跡本体部はもちろん、金沢城跡西麓部にあっても前面に羽州街道や陣館遺跡が迫っているため、なかなか難しいのではないかと思われるのである。

二　長岡森説

では真の金沢柵跡はどこかと問われよう。著者としては、前記一で縷々述べたようにいくつかの疑問は捨て切れないものの、金沢城跡説が最も有力な説であることまで否定するものではなく、ましてや代替案と言えるほどのものは持ち合わせていない。この点、有馬大佐は「金沢町本町北方九十六米高地を中心とする一帯の丘陵地域」（おおよそ国道十三号（金沢バイパス）と旧国道十三号と中ノ目川で囲まれた地域。地元では「長岡森」と呼ばれている。）をそれと推定し、その理由は概ね次のとおりとしている。

1　昭和五年長岡森の北方、出川左岸の水田から柵材が一本発掘されている。これは、材質や大きさが払田柵で発掘されたものと同様であるから、長岡森を囲んで柵木が樹てられていたであろうと推定する有力な資料である。

2　『後三年記』の記事や『絵詞』の絵に該当する点が多い。

(1)　長岡森の一部、特に南側は壁を立てたように屹立している。

(2)　城中のやぐらと攻囲軍との間は容易に人声で通語できる地形である。

(3)　城の全周囲を包囲するは容易なる地形である。

(4)　城中に現在も池がある。

(5)　城域内は広闊《こうかつ》で、多数の兵士、家族、その住居を包容できる。

なお、陣館という地名の存する八十米高地（現在の陣館遺跡）については、位置やその地名から義家の陣所即ち攻囲軍の総司令部ではなかったかと推定している。若干のコメントを付す。

1については、一本の柵木でここまで推定するのは、さすがに乱暴であろう。ただし、WEB上の「秋田県遺跡地図情報」（秋田県教育庁生涯学習課文化財保護室）によれば、この柵木が出土した中谷地遺跡の東方に位置する元東根遺跡からも柵木が出土している。さらに、福田久四郎（一九六九）には、長岡森の西方二〇〇メートルの地点（太田川東岸）で柵木様の丸柱が出土したほか、古老の話では、明治以前から石神、中野際、米ノ口等の田圃から得体の知れない角材や丸柱様のものが発掘されている旨の記述がある。

また、長岡森は北側を出川に、南から南西側にかけては中ノ目川に囲まれており、長岡森の西方一キロメートルくらいの所で両河川は合流し、やがて横手川、雄物川へと続いている。長岡森の南西端に近い付近は米ノ口という地名が残り、米を積み出した処だと伝えられている。さらにかつては羽州街道が長岡森のほぼ中心部を南北に縦断していたらしい。（注1）つまり長岡森は、合戦当時、河川によって防御された土地で、かつ、水陸の交通の要衝であった可能性が高い。したがって、柵の立地に適していたかもしれない。

さらに、前記一でも紹介した新野直吉（一九六五）は、金沢柵は「払田柵の如き丘陵を中心とした施設で（中略）その規模は、多分金沢八幡の境内から見下される、現在の金沢の街の周辺の果樹畑になっているような丘陵地が含み込まれたものであったろう」と記すが、長岡森は正にこのような丘陵地に該当することも注目される。

2については、概ね肯定できる。ただし、⑷について、「現在も池がある」とは、「大沼」と呼ばれる沼を指しているものと思われる。大沼のほかにかつては「小沼」というより小さな沼もあった。（注2）

これらの沼は灌漑用のため池と考えられ、後三年合戦当時から存在したとは思われないが、その前身となる自然の池沼或は湿地帯があった可能性は高いと思われる。また、⑸については、全体としての広さは十分あるが、住居建設に適する平坦地が十分にあったかはわからない。

なお、長岡森について、菅江真澄は『月の出羽路』で「またの名を武者隠しの森といふ」と記している。伊藤直純（一九三〇）は、家衡が討たれたのは「此附近なるべし」と記すが、根拠は乏しい。

以上、有馬大佐の長岡森説を紹介したが、これだけの情報からその真否を云々することは難しいし、またそうすべきではないであろう。有馬大佐も昭和九年の金沢訪問時には「時既に日暮に迫り、且つ前途の行程も急がれたので、右擬定地点（長岡森のこと）に就ては親しく見るを得なかつた」のであり、「此地点は従来何人も探求したことがないから、予の私見に賛同せらるると否とを問はず、一応踏査探求を地方史家其他の有志に御願ひ致す次第である」と述べている。その後、この有馬説を受けて長岡森を踏査探求したという情報は近年まで耳にしたことはなかったが、二〇一五年に至って長岡森の南西端（円徳寺、米ノ口遺跡の西方）で城館跡（長岡森館遺跡）が発見された。まだ発掘調査はなされていないが、平安時代後期ごろまで遡る可能性もあるとされている。（室野秀文（二〇一六）参照）

（注1）伊藤直純（一九三〇）は、金沢小学校の「後方は長岡森にして、旧官道は其岡上を過ぎ、車馬の往来には頗る困難を感じたり」と記し、また、著者の子供時代には円徳寺の西側から小学校の校庭に至る羽州街道の跡と称される道路がまだ残っていたことから、このように記述したが、最近閲覧した秋田県公文書館所蔵の「秋田県羽後国金沢大略全図」（明治十四辛巳七月中旬金風菴鴻文写）では、現在の旧国道十三号沿いに円徳寺の東側を北上し、同寺を過ぎた辺りから北北西に向きを変え、長岡森を縦断し野荒町方面に至るルートで道路が描かれている。鴻文は当時の金沢在住の絵師ゆえ、この描写が正しいかもしれず、その場合には本文の記述は若干修正しなければならないであろう。

（注2）昭和五〇年一二月二八日発行の国土地理院二万五千分の一地形図「金沢本町」には、大沼とともに小沼と目される沼が図示されている。

三　金沢城跡説否定論の検証の必要性

有馬成甫（一九三八）については、それまで、そしてその後においても、ほとんど異論を差し挟まれることのなかった金沢城跡説を、真っ向から否定した論文であるにもかかわらず、管見の限りでは、なぜかこの論文に言及した先学の著作、論文を見出すことはできなかった。前記一で著者がコメントしたように、否定の論拠の中には相当程度肯けるものがあり、後世の諸調査の結果や学者の見解を先取りしているようなものもあることからすると、不可解なことである。

この論文は、少なくとも金沢城跡説に立って金沢柵を発見しようとする者においては、有益な文献であり、これが列挙する否定の論拠を逐一、今一度真摯に検証してみる必要があるのではないだろうか。そして、もし反証しきれない論拠がある場合には、金沢城跡から金沢柵があったことを確定的に証する遺跡・遺物が発見されるのを待つばかりではなく、金沢城跡以外にも適地がないか検討すべきであろう。長岡森も、そうした過程では候補地の一つとして検討対象になりうるものと考える。そうした場合に備える意味においても、長岡森館遺跡の早期の発掘調査が待たれるところである。

コラム　長岡森雑感

長岡森は、そこに明治以降、旧羽州街道に変わる「新道」と呼ばれる国道が東端から北端を巡るルートで開設されたほか、小学校（美郷町立金沢小学校を最後に二〇一三年三月に廃校）が建てられるなど土地の改変が進んだ。現在はゴルフ練習場まである。しかし、小学校ができるまでは建造物としては南麓に円徳寺（注1）という浄土真宗の寺があったくらいであろう。また、経塚があったとする大正時代の新聞記事もあり（注2）、著者のこどもの頃（昭和三〇年代）小沼の近くには火葬場があった。この点、清原氏の城館跡のその後の土地利用が墓地等の宗教的空間のみであるとする高橋学（二〇一〇）の論を想起させるものがある。

また、つい最近のことであるが、「秋田県遺跡地図情報」で長岡森付近を眺めていて気が付いたことがある。柵木が出土した中谷地と元東根の遺跡、出土した経筒に「仁安三年（一一六八）戊子二月金兼宗」の銘があったという一字山経塚、さらに清原氏の氏神とされる式内社塩湯彦神社が鎮座する御嶽山は、ほぼ同一線上に位置している。（注3） 長岡森館遺跡―老婆山《ばばさやま》経塚―獺袋《おそのふくろ》経塚―御嶽山も同様である。ということは、やや縮尺を小さくすれば、長岡森―金沢の経塚群―御嶽山も、ほぼ同一線上に位置するように見えるはずである。つまり、長岡森の南東方向に金沢の経塚群があり、さらにその延長線上に御嶽山があるのである。これは単なる偶然かもしれないが、経文を埋めた塚である経塚には追善供養の意味もあるとすれば、金沢柵で滅んだ清原氏への追善供養の思いを込めて、後三年合戦後、清原氏や金沢の地に縁のあった金氏、安倍氏、源氏（注4）に属する者が金沢柵のあった？長岡森を見下ろし、御嶽山を仰ぎ見る場所に経塚を造営したと想像するのは荒唐無稽に過ぎようか。

今冬は稀に見る豪雪であった。その雪解け間もない四月、金沢の経塚群のうち、直坂《まつさか》経塚、老婆山経塚、獺袋経塚、一字山経塚があったとされる場所を訪れる機会を得た。いずれの場所からも木の間越しに長岡森を見ることができた。樹木の繁茂さえなければ、長岡森を展望できる絶好のスポットであることは確認できた。他方、残念ながら、繁茂した樹木や隣接する峰が邪魔して、御嶽山を見ることができたのは老婆山からだけであった。長岡森についてはいろいろな思い出がある。最も鮮明に記憶している長岡森の姿は、その東方茨島方面から望んだ姿であり、周辺の水田から突然笊を伏せたように盛り上がっている姿である。

（注1）円徳寺の境内の背後は切り立った壁のようになっている。また、「秋田県遺跡地図情報」によれば、この円徳寺付近の「米ノ口遺跡」からは鶴亀紋様の鏡（年代不詳）が出土している。

（注2）伊藤直純、戎谷南山らと共に金沢保古会において後三年合戦の顕彰活動をした八幡神社の神官三浦憲郎が、大正九年八月二十六日の秋田魁新報掲載の「金沢町の経塚」の中で「金沢円徳寺の後山長岡森」にも経塚があったと記している。

（注3）経の巻末に「為散位安部定親女共二観」と記されていたという黒滝経塚（所在不明）も、伊藤直純（一九三〇）等の記述からすると、おそらくこの線上に位置すると思われる。

（注4）閑居長根2号経塚からは「元久三年（一二〇六）」、「金氏　施主　源太夫」の銘がある経筒が出土したとされる。この銘文からすると、この経塚の直接的な追善供養の対象は清原氏ではなく金氏かもしれない。

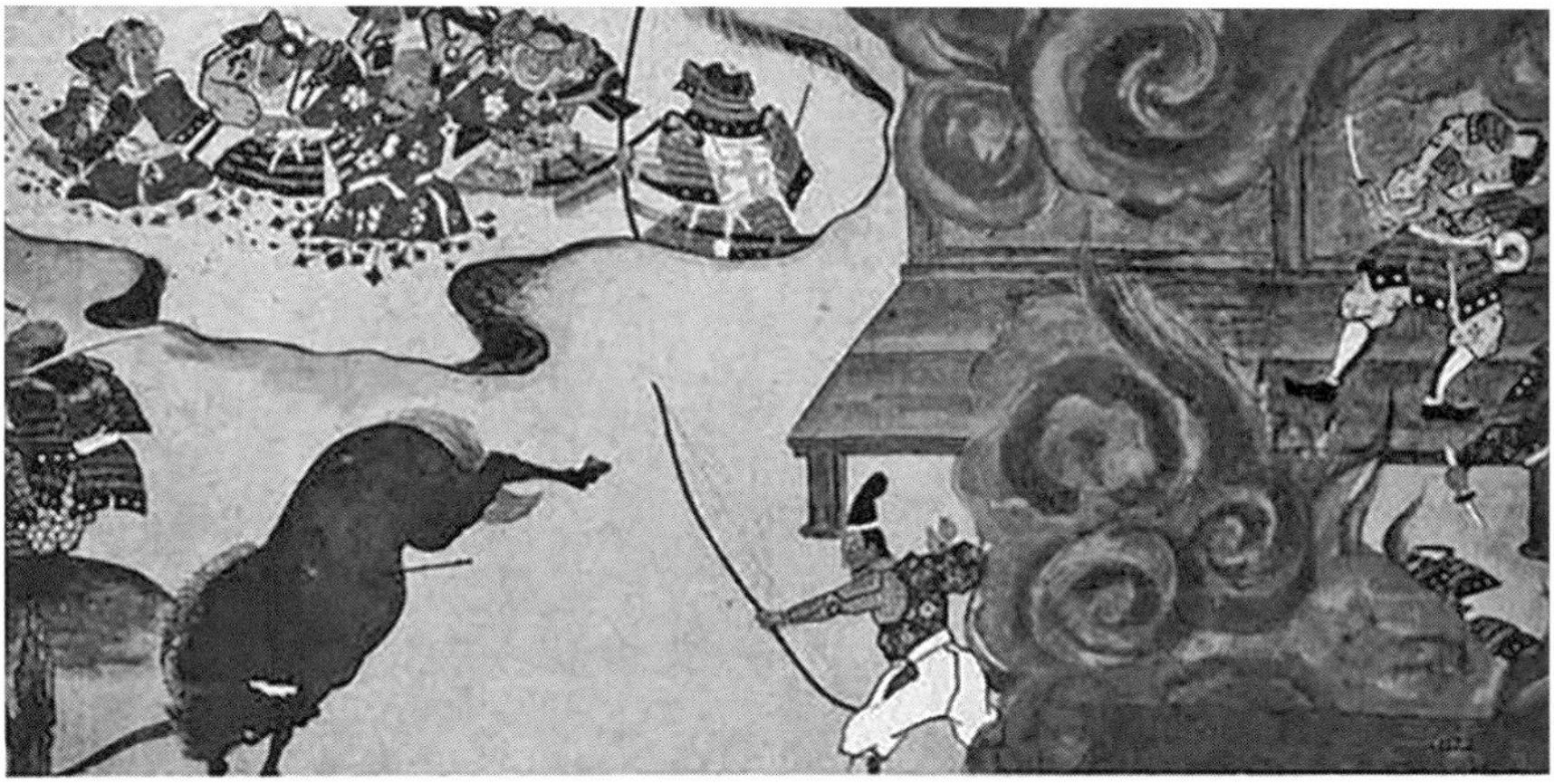

後三年合戦繪巻

（上）金澤柵陥り清原武衡池中に隠れて捕へらる

（下）清原家衡共愛馬を射殺し柵を脱せんとす

（金澤保古會發行）

参考文献

有馬成甫（一九三八）「金澤柵阯に就て—現在の地點は誤なる旨の考證、附、後三年役繪詞の史料的價値に就て—」『軍事史研究』第三巻第二号　軍事史学会
伊藤直純（一九三〇）『改訂後三年戦蹟誌』　保古会
島田祐悦（二〇二〇）「金沢柵から金沢城へ」『令和2年度後三年合戦金沢柵公開講座資料集』横手市教育委員会
高橋学（二〇一〇）「清原氏城館のモデルは出羽国城柵にあり」『平成二十二年度　後三年合戦シンポジウム資料集』横手市教育委員会
新野直吉（一九六五）「金沢史蹟管見」『出羽路』第28号　秋田県文化財保護協会
野中哲照（二〇一五）『後三年記詳注』　汲古書院
福田久四郎（一九六九）「金沢町地区沿革」『新横手沿革史』上巻　横手郷土史研究会
室野秀文（二〇一六）「金沢城跡と周辺城館を歩く」『平成27年度　後三年合戦金沢柵公開講座資料集』　横手市教育委員会

あとがき

この本を書き終えて全体を読み返してみると、改めて、これまで俎上に載らなかった論点が取り上げられ、また、定説や通説に反した結論が導き出されていることが目に付いた。清原貞衡は武貞の改名後の名である、成衡の人物紹介が簡略に過ぎるのは?、奥六郡を成衡が継承しなかったのは不思議でない、家衡を清衡館に同居させたのは統治上の必要から、秀武は沼柵合戦には参加していない、武衡の本拠は金沢柵、義家の呼称が「国司」から「将軍」に変わるのは?、武衡は城外に通じる沼地に隠れ逃亡に賭けた、家衡の名馬所有の意味は?、『絵詞』に錯簡は生じていない、武衡軍と逆方向に進む白旗の一行は義光のそれ、綾藺笠の人物を清衡と断定するのは早計、金沢柵金沢城跡説への疑問等々枚挙に暇がない。

奇をてらったのではないかと言われそうである。しかし、そのような意図はなく、『後三年記』を読んで、『絵詞』を見て、素直に疑問に思ったことが出発点であり、かつ、それに関する先学の説では正直物足りなかった、或はそもそも先学においては問題とされていなかったため、自分なりに解き明かそうと試みた結果、偶々そうなったものである。

むろん、歴史・文学・美術いずれの分野においても門外漢の著者ゆえ、どこかで基本的な過ちを犯している恐れは否定できない。しかし、自説を開陳しない限り、そうした過ちを指摘されることもなく、疑問の解明も進まない。それゆえ敢えて出版に踏み切ったものである。市井の一郷土史愛好家による異議申し立て或は質問状とみなして、ご寛容を願いたい。

また、著者は、金沢柵があったとされる金沢の地（現在の横手市北部と仙北郡美郷町南部にまたがる地域）で生まれ、金沢八幡宮のある八幡山＝金沢城跡が金沢柵跡であることは問うまでもないという雰囲気の中で育った。二〇一〇年には陣館遺跡から後三年合戦の時代の遺物である内耳鉄鍋等が出土したことにより、金沢柵の発見も近いという期待が高まった。その後も、金沢柵であることを決定づける遺物・遺跡の発見を目指し、継続して金沢城跡の発掘調査が行われている。この間における横手市教育委員会の取組には心より敬意を表するものであり、今後のさらなる調査に期待している。

とはいえ、著者は未だ金沢城跡説について、いくつかの疑問を捨て切れないでいる。そこで、この機会に思い切って、有馬論文を紹介する形でそれらを吐露することとした。もちろん、この本が世に出る頃には、金沢城跡から金沢柵であることを決定づける遺跡・遺物発見のニュースが流れているかもしれない。そうなれば誠に喜ばしいことであり、著者の不明を恥じるばかりである。

この本を書くに当たっては、横手市教育委員会が二〇一〇年から毎年開催している後三年合戦シンポジウムと金沢柵・沼柵公開講座並びに同シンポジウム等でも講師を務められた樋口知志、野中哲照両先生の著作・論考から、大きな刺激と示唆をいただいた。また、出版に当たっては無明舎主安倍甲氏からいろいろとアドバイスをいただいた。心より感謝を申し上げたい。出版を後押ししてくれた妻にも感謝している。

令和三年六月

加藤　愼一郎

『後三年記』

第1部（真衡館合戦）〔一〕から〔一一〕①まで
第2部（沼柵合戦）〔一一〕②及び③
第3部（金沢柵合戦）〔一二〕から〔三六〕まで

軍記・語り物研究会　二〇一〇大会用テクスト
（於　大学コンソーシアム秋田　カレッジプラザ）
二〇一〇年八月二九日
作成　野中哲照

（著者注）口訳は割愛し、ルビも原則として省略した。

〔一〕 真衡の威勢

永保のころ、奥六郡が中に清原真衡といふ者あり。荒川太郎武貞が子、鎮守府将軍武則が孫なり。真衡が一家は、もと出羽国山北の住人なり。康平のころほひ、源頼義、貞任・宗任を討ちし時、武則、一万余人の勢を具して御方に加はれるによりて、貞任・宗任を討ち平らげたり。これによりて、武則が子孫、六郡の主にてはありけるなり。

真衡、威勢父祖に勝れて、国中に肩を並ぶる者なし。心うるはしくして、僻事《ひがこと》を行なはず、国宣を重くし、朝威を忝《かたじけな》くす。これによりて、堺の中、穏やかにして、兵《つはもの》、治まれり。

〔二〕 成衡婚姻の宴

真衡、子なきによりて、海道小太郎成衡といふ者を子とせり。年いまだ若くて、妻なかりければ、真衡、成衡が妻を求む。当国の中の人は皆、従者となれり。隣国にこれを求むるに、常陸国に多気権守宗基といふ猛者あり。その女、おのづから頼義朝臣の子を産めることあり。頼義、昔、貞任を討たんとて、陸奥国へ下りし時、旅の仮屋の中にて、かの女に逢ひてけり。すなはち、初めて女子一人を産めり。祖父宗基、これを傅《かしづ》き養ふことかぎりなし。真衡、この女を迎へて、成衡が妻とす。

新しき嫁を饗せんとて、当国・隣国のそこばくの郎等ども、日ごとに事をせさす。陸奥の習ひ、「地《ち》火炉《くわろ》ついて」となん云ふなり。諸々の食ひ物を集むるのみならず、金銀・絹布・馬鞍を持ち運ぶ。

〔三〕 秀武登場

出羽国の住人、吉彦秀武といふ者あり。これ、武則が母方の甥、また、婿なり。昔、頼義、貞任を攻めし時、武則、一家を揮ひて当国へ越え来たりて、桑原郡営岡にして、諸陣の押領使を定めて軍を整へし時、この秀武は三陣の頭に定めたりし人なり。しかるを、真衡が威徳、父祖に勝れて、一家の輩、多く従者となれり。秀武、同じく家人の内に催されて、この事を営む。

〔四〕 秀武逃亡

さまざまの事どもしたる中に、朱《あけ》の盤に金《こがね》をうづたかく積みて、目の上に自ら捧げて、庭に歩み出で、高庭に跪きて、盤を頭の上に捧げて居たるを、真衡、護持僧にて五そうの君といひける奈良法師と囲碁を打ち入りて、やや久しくなりて、秀武、老の力、疲れて、苦しくなりて、心に思ふやう、「われ、正《まさ》しき一家の者なり。果報の勝劣によりて、主従の振舞をす。さらむからに、老の身を屈め庭に跪きたるを久しく見入れぬ。情けなく、安からぬことなり」と思ひて、金をば庭に投げ散らして、俄かに立ち走りて、門の外に出でて、そこばく持ち来たる飯・酒を皆、従者どもにくれて、長櫃などをば、門の前にうち捨て、着背長《きせなが》、取りて着て、郎等どもに皆、物の具せさせて、出羽国へ逃げて去《い》にけり。

〔五〕 真衡出陣

真衡、囲碁打ち果てて、秀武を尋ぬるに、「かうかうしてなん罷りぬる」といふを聞きて、真衡、大きに怒りて、たちまちに諸郡の兵を催して、秀武を攻めんとす。兵、雲霞のごとく集れり。日来《ひごろ》、穏かに目出たかりつる六郡、たちまちに騒ぎ喧《ののし》る。真衡、すでに出羽国へ行き向かひぬ。

〔六〕 秀武の画策

ここに、秀武思ふやう、「我は勢こよなく劣りたり。攻め落とされんこと、程を経べからず」と思ひて支度を廻らすやう、「陸奥国に清衡・家衡といふ者あり。清衡は、亘理の権大夫経清が子なり。経清、貞任に相具して討たれにし後、武則が太郎武貞、経清が妻を呼びて家衡をば産ませたるなり。しかれば、清衡と家衡とは、父替はりて母ひとつの兄弟なり」。秀武、この二人が許へ使を馳せて云ひ送るやう、「真衡に、かく従者のごとくしてあるは、そこたちは、安からずは思《おぼ》さずや。思はざる外のこと出で来て、勢を揮ひて、既に我が許へ寄するなり。その後に、そこたち入り替りて、かの妻子を捕り、家を焼き払ひ給へ。さて、真衡をやうやく傾くべきなり。その隙を求めんに、この時は天道の与へ給ふ時なり。『真衡、妻子を捕られ、住宅を焼き払はれぬ』と聞かば、我、雪の首を真衡に得られんこと、さらさら憂ひにあらず」と云ひ送れり。

〔七〕 清衡・家衡加担

ここに清衡・家衡、喜びをなして、勢を起して、真衡が館へ襲ひ行く道にて、伊沢の郡白鳥の村の在家四百余家を、かつがつ焼き払ふ。真衡、これを聞きて、道より惑ひ帰り、「まづ、清衡・家衡と戦はん」とて、馳せ帰る。清衡・家衡、また聞きて、「勢、当たるべからず」とて、また帰りぬ。真衡、両方の戦ひをしえずして、いよいよ怒りて、「なほ重ねて兵を集めて、我が本所をも堅め、また、秀武が許へも行かん」とて、軍立《いくさだち》することはかりなし。

〔八〕義家着任の宴

永保三年の秋、源義家朝臣、陸奥守になりて、俄かに下れり。真衡、まづ、戦ひのことを忘れて、新司を饗応せんことを営む。三日厨《みかぐり》といふことあり。日ごとに、上馬五十疋なん引きける。その外、金・羽・あざらし・絹布の類、数知らず持て参れり。

〔九〕真衡再度出陣

真衡、国司を饗応し了りて、奥へ帰りて、なほ本意を遂げんために、秀武を攻めんとす。軍を分かちて、我が館を堅めて、我が身は先のごとく出羽国へ行き向かひぬ。真衡、出羽へ越えぬる由を聞きて、清衡・家衡、また、先のごとく襲ひ来たりて、真衡が館を攻む。

〔十〕正経・助兼の援護

その時、国司の郎等に、参河国の住人、兵藤大夫正経・伴次郎傔仗助兼といふ者あり。婿・舅にて、相具して、この郡の検問をして、真衡が館近くありけるを、真衡が妻、使を遣りていふやう、「真衡、秀武が許へ行き向かへる間に、清衡・家衡、襲ひ来たりて戦ふ。しかあれども、兵多くありて、防ぎ戦ふに恐れなし。ただし、女人の身、大将軍の器物にあらず。来たり給ひて、大将軍として、かつは戦の有様をも国司に申さるべき」由をいひやれり。正経・助兼ら、これを聞きて、事問はず、真衡が館へ来たりぬ。清衡・家衡、寄せ来たり、すでに戦ふ。

〔一一〕欠失部（『康富記』訓読）

①真衡館合戦の様相

ここに清衡・家衡、また清衡が館（留守なり。妻女ならびに成衡これ在り）を囲みて攻むる間、真衡が妻女、大守の被官人正経・助兼（両人は奥州の郡使・検田使なり。巡国の時分なり）と相語らひ、大守の郡使、成衡に合力して合戦あり。

城中頗る危く、寄手の清衡・家衡、利を得たる間、大守義家朝臣、自ら利兵を率ゐて発向ありて、成衡を扶けらる。これより先、清衡・家衡に使を遣して、仰せて云はく、「退くべきか、なほ戦ふべきか」と。清衡・家衡、「退くべき」由を申し、避らむとする処、清衡が親族重光、申して云はく、「一天の君と雖も恐るべからず。況や一国の刺史をや。既に楯を対せて刃を交ふる間、戦ふべき」由、これを申し、大守の官軍と合戦に及ぶ。重光は誅せられ了んぬ。清衡・家衡の両人は、一馬に跨りて没落し了んぬ。この間、真衡、出羽へ発向の路中、病に侵されて頓死し了んぬ。この後、清衡・家衡、「大守に対して、野心を存ぜず。死亡の重光は逆臣たる」由これを陳べ、降を請ふ間、大守これを免じ許す。

②六郡分割と家衡の暴挙

六郡を割分して、各三郡を充てて、清衡・家衡を補せらるる処、家衡、兄清衡を讒《そし》り申すと雖も、大守許さざるなり。剰《あまつさ》へ清衡に抽賞ある間、家衡、清衡が館に同居せしむる時、密に青侍を謀《たばか》り、青侍、清衡を害せむとす。清衡、先づこれを知り、叢中に隠居せし処、家衡、火を放ちて清衡が宿所を焼き払ひ、忽ちに清衡が妻子・眷属を殺害し了んぬ。

③沼柵合戦の経緯と状況

清衡、大守に参じ、この嘆きを訴へ申す間、自ら数千騎を率ゐて、家衡が城、沼の柵へ発向す。数月をおくる。大雪に遭ひ、官軍、闘の利を失ひ、飢寒に及ぶ。軍兵、多く寒死《こごえじに》し、飢死す。或は馬肉を切り食ひ、或は大守、人を懐いて温を得しめ、蘇生せしむ。かくの如き後、重ねて大軍を率ゐて、これに進発せむとす。

〔一二〕武衡加担、金沢柵へ

武衡は、「国司追ひ帰されにけり」と聞きて、陸奥国より勢を揮ひて、出羽へ越えて、家衡が許に来ていふやう、「きみ独身の人にて、かばかりの人を敵に得て、一日といふとも追ひ返したりといふ。名を挙ぐること、君ひとりの高名にあらず。すでにこれ、武衡が面目なり。この国司、世覚え、昔の源氏・平氏に過ぎたり。しかるを、かく追ひ返し給へること、すべて申すかぎりにあらず。今におきては我も共に、同じ心にて、屍を晒すべし」といふ。

家衡、これを受け、喜ぶことかぎりなし。郎等どもも勇み喜ぶ。武衡がいふやう、「金沢の柵といふ所あり。それは、これには勝りたる所なり」といひて、二人相具して沼の柵を捨てて、金沢に移りぬ。

〔一三〕義家出陣、光任の愁嘆

国司、「武衡、相加はりぬ」と聞きて、いよいよ怒ることかぎりなし。国の政を止めて、ひとへに兵を整ふ。春夏、他事なく出立《いでたち》して、秋九月に数万騎の勢を率ゐて、金沢の館へ赴き、すでに出で立つ日、大三大夫光任、年八十にして、相具せずして国府に留まる。腰は二重にして、将軍の馬の轡に取り付きて、涙を拭ひていふやう、「年の寄るといふことは、悲しくも侍るかな。生きながら、今日、我が君、所作し給はむを見るまじきことよ」といひければ、聞く人皆、哀れがり、泣きにけり。

〔一四〕斜雁の破陣

将軍の軍、すでに金沢の柵に至り着きぬ。雲霞のごとくして野山を隠せり。一行の斜雁の雲上を渡るあり。雁の陣たちまちに破れて四方に散りて飛ぶ。将軍、遥かにこれを見て、怪しみ驚きて、兵をして野辺を踏ましむ。案のごとく、叢の中より、三十余騎の兵を尋ね得たり。これ、武衡、隠し置けるなり。将軍の兵、これを射るに、数を尽して得られぬ。

〔一五〕匡房の教導

義家の朝臣、先年、宇治殿へ参じて貞任を攻めしことなど申しけるを、江帥《がうそち》匡房卿、立ち聞きて、「器量はよき武士の、合戦の道を知らぬよ」と独言《ひとりご》ち給ひけるを、義家が郎等聞きて、「我が主ほどの兵をけやけきこといふ翁かな」と思ひつつ、義家にこの由を語る。義家、これを聞きて、「さる事もあるらむ」とて、江帥の出でられける所に寄りて、ことさら会釈しつつ、その後、かの卿に会ひて文を読みけり。義家は、「我、文の道を窺はずは、ここにて武衡がためにやぶられなまし」とぞいひける。兵、野に伏する時に、雁、列《つら》を破るといふこと侍るとかや。

〔一六〕義光来援

将軍の舎弟兵衛尉義光、思はざるに陣に来たれり。将軍に会ひていはく、「仄に戦の由を承りて、院に暇を申し侍りていはく、『義家、夷に攻められて、危なく侍る由、承る。身の暇を賜りて、罷り下りて、死生を見候はむ』と申し上げしを、暇を賜らざりしかば、兵衛尉を辞し申して、罷り下りてなむ侍る」

といふ。

義家、これを聞きて、喜びの涙を抑へていはく、「今日、そこの来給へるは、故入道の生き返りておはしたるとこそ覚え侍れ。君すでに、副《そひ》の将軍となり給へるは、武衡・家衡が首を得むこと掌にあり」といふ。

〔一七〕開戦、景正の負傷

前陣の軍、すでに攻め寄りて戦ふ。城中、呼ばひ奮ひて、矢の下ること雨のごとし。将軍の兵、疵を被る者甚し。

相模国の住人、鎌倉の権五郎景正といふ者あり。先祖より聞え高き兵なり。年わづかに十六歳にして、大軍の前にありて、命を捨てて戦ふ間に、征矢《そや》にて右の目を射させつ。首を射貫きて、兜の鉢付の板に、射付けられぬ。矢を折り、駆けて、当の矢を射て敵を射取りつ。さて後、退き帰りて、兜を脱ぎて、「景正、手負ひにたり」とて、仰《の》けざまに伏しぬ。

同国の兵、三浦の平太郎為次といふ者あり。これも聞こえ高き者なり。貫を履きながら、景正が顔を踏まへて矢を抜かむとす。景正、伏しながら刀を抜きて、為次が草摺を捉へて、上げざまに突かむとす。為次、驚きて、「こはいかに。など、かくはするぞ」といふ。景正いふよう、「弓箭《きゅうせん》に当たりて死ぬるは、兵の望むところなり。いかでか、生きながら足にて面を踏まるることはあらむ。しかじ、汝を敵として、我ここにて死なむ」といふ。為次、舌を巻きて云ふことなし。膝を屈め顔を押へて矢を抜きつ。多くの人、これを見聞く。景正が高名いよいよ並びなし。

〔一八〕苦戦、助兼の危難

力を尽くして攻め戦ふといへども、城、落つべきやうなし。岸高くして、壁の峙《そばた》てるがごとし。遠き者をば矢をもちてこれを射、近き者をば石弓を外してこれを打つ。死ぬる者、数知らず。

伴次郎傔仗助兼といふ者あり。際なき兵なり。常に軍の先に立つ。将軍、これを感じて、薄金といふ鎧をなむ着せたりける。岸近く攻め寄せたりけるを、石弓を外し掛けたりけるに、すでに当りなむとしけるを、首を振りて身を撓《たは》めたりければ、兜ばかり打ち落されにけり。兜落ちける時、髻《もとどり》切れにけり。兜はやがて失せにけり。薄金の兜は、この時、失せたり。助兼、深く傷みとしけり。

〔一九〕剛臆の座

柵を攻むること、日数に及ぶといへども、いまだ落し得ず。将軍の兵ども、心を励まさむとて、日ごとに剛臆の座をなむ定めける。日にとりて、剛に見ゆる者どもを一座に据え、臆病に見ゆる者を一座に据えけり。各々、臆病の座に着かじと励み戦ふといへども、日ごとに剛の座に着く者は、難かりけり。腰滝口季方なむ、一度も臆の座に着かざりけり。片方《かたへ》も、これを誉め感ぜずといふことなし。季方は、義光が郎等なり。

将軍の郎等どもの中に、名を得たる兵どもの中に、今度、ことに臆病なりと聞こゆる者、すべて五人ありけり。これを略頌《りやくじゆ》に作りけり。

「鏑《かぶら》の音聞かじととて、耳を塞ぐ剛の者。紀七、高七、宮藤三、腰滝口、末四郎。」

末四郎といふは、末割四郎惟弘がことなり。

〔二〇〕義家軍の布陣

吉彦秀武、将軍に申すやう、「城の中堅く守りて、御方の軍、すでに泥《なつ》み侍りにたり。そこばくの力を尽くすとも、益あるまじ。しかじ、戦を停めて、ただ捲きて、守り落とさむ。糧食尽きなば、さだめて自ら落ちなむ」といふ。軍を捲きて陣を張りて、館を捲く。二方は、将軍これを捲く。一方は、義光これを捲く。一方は、清衡・重宗これを捲く。

〔二一〕鬼武と亀次

かくて日数を送る程に、武衡が許に亀次・並次といふ二人の打手あり。並びなき兵なり。これを、強打《こはうち》と名付けたり。武衡、使を将軍の陣へ遣はして、消息していはく、「戦止められて、徒然かぎりなし。亀次といふ強打なむ侍る。召して御覧ずべし。そなたよりも、しかるべき打手一人出だして、召し合はせて、互ひに徒然を慰められ侍るべきか」と云ひ送れり。将軍、出だすべき打手を求むるに、次任が舎人鬼武といふ者あり。心猛く、身の力ゆゆしかりけり。これを選びて出だす。

亀次、城の中より降り下るに、二人、闘ひの庭に寄り合へり。両方の軍、目も叩かず、これを見る。両方すでに寄り合ひて、打ち合ふこと、半時なり。互ひに、いづれ隙間ありとも見えず。さる程に、亀次が長刀の先、しきりに上がるやうに見ゆるほどに、亀次が頭、兜着ながら、鬼武が長刀の先に掛りて落ちぬ。

〔二二〕末四郎の最期

将軍の軍、悦びの鬨を作りて、罵る声、天を響かす。これを見て、城中の兵、亀次が首を取られじと、中より轡を並べて駆け出づ。将軍の兵、また、亀次が首を取らむとて、同じく駆け合ひぬ。両方乱れ交りて、大いに闘ふ。将軍の兵、数多くして、城より下るところの兵、ことごとく討ち取られぬ。

末割四郎惟弘、臆病の略頌に入りたることを、深く恥として、「今日、我が剛臆は定まるべし」といひて、飯・酒多く食ひて出づ。詞のままに先を駆くる間に、鏑矢、頸の骨に当りて死ぬ。射切られたる頸の切目より、食ひたる飯、姿も変らずして零《こぼ》れ出でたり。見る者、慚愧せずといふことなし。将軍、これを聞きて、悲しみていはく、「もとより、切り通しにあらざる人、いつたん励みて先を駆くる、必ず死ぬること、かくのごとし。食らふところの物、腹に入らずして、喉に留まる。臆病の者なり」とぞいひける。

〔二三〕千任の罵言

家衡が乳母、千任といふ者、櫓の上に立ちて、声を放ちて将軍にいふやう、「汝が父頼義、貞任・宗任を討ち得ずして、名簿《みやうぶ》を捧げて、故清将軍を語らひ奉れり。ひとへにその力にて、たまたま貞任らを討ち得たり。恩を担ひ徳を戴きて、いづれの世にか、報ひ奉るべき。しかるを汝、すでに相伝の家人として、忝く重恩の君を攻め奉る。不忠不義の罪、さだめて天道の責めを蒙らむか」といふ。多くの兵、各々、口吻《くちさきら》を研ぎて応へんとするを、将軍、制して物言はせず。将軍のいふやう、「もし千任を生虜にしたらむ者あらば、かれがために命を捨てん、塵芥よりも軽からむ」といふ。

〔二四〕武衡の講和策

館の中、食尽きて男女皆、嘆き悲しむ。武衡、義光に付きて降を乞ふ。義光、この由を将軍に語る。将軍、あへて許さず。武衡、なほ懇ろなる詞をもちて義光を語らひていはく、「我が君、忝く城の中へ来たり給へ。その御供に参りなば、さりとも助かりなむ」といふ。「義光、行くべき由をいふ」と聞きて、将軍、義光を呼びていふやう、「昔より今に至るまで、大将・次将の、敵に呼ばれて、敵の陣へ行くことは、いまだ聞き及ばざることなり。君、もし武衡・家衡に取り込められなば、我、百般《ももたび》悔い千般《ちたび》悔うとも、何の甲斐かあらん。謗りを万代の後に残し、嘲を千里の外に招かむか」といひて、口説き恥しむることかぎりなし。これによりて行かず。

〔二五〕季方敵陣入り

武衡、重ねて義光にいふやう、「御身渡り給ふことあるべからずは、しかるべき御使一人を賜りて、思ふことよくよく申し開かむ」といふ。義光、「郎等どもの中に誰か行かむずる」と選ぶ。皆、「季方こそ罷らめ」と定む。よりて、季方を遣る。

赤色の狩襖《かりあを》に、無文の袴を着て、太刀ばかりを佩きたり。城の戸、初めて開きて、わづかに人一人を入る。城中の兵、垣のごとくに立ち並みて、弓箭・太刀・刀、林のごとく茂くして、道を挟めり。季方、わづかに身を峙てて歩み入り、家の中に上りて居ぬ。武衡、出で合ひつ。かつがつ喜ぶ。季方近く居寄りてあり。家衡は隠れて出でず。武衡、「『なほ、まげて助けさせ給へ』と、兵衛殿に申さるべき」由をいひて、金多く取り出でて、取らす。季方がいふやう、「城中の財物《たからもの》、今日賜らずとも、殿ばら落ち給ひなば、我らが物にてこそあらむずれ」といひて、取らず。

武衡、内より大きなる矢を取り出でて、「これは誰人の矢にて侍るにか。この矢の来たるごとに必ず当たる。射らるる者、皆、絶えなむ」といふ。季方、見ていはく、「これなむ、おのれが矢なり」といふ。また、立たむとていふやう、「もし我を質に取らむと思さば、ただ今ここにて、自らいかにもし給へ。罷り出でむに、そこばくの兵の中にて、ともかくもせられむは、きはめて悪く侍りなむ」といふ。武衡がいふやう、「大方あるべきことにもあらず。ただ、疾く疾く帰り給ひて、よくよく申し給へ」といひて、遣りつ。季方、先のごとくに兵の中を分けて帰る時、太刀の束に手を掛けて、うち笑みて、少しも気色変りたることなくて、歩み出でにけり。季方が世覚え、これより後、いよいよ喧《ののし》りけり。

〔二六〕冬の再来

城を捲きて、秋より冬に及びぬ。寒く冷たくなりて、皆、凍えて、各々悲しみていふやう、「去年《こぞ》のごとくに、大雪降らむこと、すでに今日・明日のこととなり。雪に遭ひなば、凍え死なむこと、疑ふべからず。妻子ども皆、国府にあり。各々、いかでか京へ上るべき」といひて、泣く泣く文ども書きて、「我らは、一定《いちぢやう》、雪に溺れて死なんとす。これを売りて糧料《らうれう》として、いかにもして京へ帰り上るべし」といひて、我が着たる着背長を脱ぎ、乗馬《のりうま》どもを国府へ遣る。

〔二七〕兵糧攻め

城中、飢に臨みて、まづ、下種女・小童部など、城の戸を開きて出で来る。軍ども、道を開けて、これを通し遣る。これを見て、喜びて、また多く群り下る。秀武、将軍に申すやう、「この下るところの下種女・童部、皆、頸を斬らむ」といふ。将軍、その故を問ふ。秀武がいふやう、「目の前に殺さるるを見ば、残るところの雑人、さだめて下らじ。しからば、城中の糧、疾く尽くべきなり。すでに雪の期になりたることを、夜昼、惧れとす。片時なりとも、疾く落ちんことを願ふ。この下るところの雑女・童部は、城中の兵どもの愛妻・愛子どもなり。城中に居らば、夫一人食ひて、妻子に物食はせぬことあるまじ。同じく一時にこそ、飢ゑ死なむずれ。しからば、城中の糧、今少し疾く尽くべきなり」といふ。将軍、これを聞きて、「尤もしかるべし」といひて、下るところの奴ども、皆、目の前に殺す。これを見て、永く城の戸を閉ぢて、かさねて下る者なし。

〔二八〕陥落の予知

藤原資道は、将軍の、ことに身親しき郎等なり。年わづかに十三にして、将軍の陣中にあり。夜昼、身を離るることなし。夜半ばかりに、将軍、資道を起こしていふやう、「武衡・家衡、今宵、落つべし。凍えたる軍ども、各々、すへしたが仮屋どもに火を付けて、手を炙るべし」といふ。資道、この由を奉行す。人怪しく思へども、将軍の掟のままに、仮屋どもに火を付けて、各々、手を炙るに、まことにその暁なむ落ちける。人これを「神なり」と思へり。すでに寒のころほひに及ぶといへども、天道、将軍の志を助け給ひけるにや、雪あへて降らず。

〔二九〕金沢柵陥落

武衡・家衡、食物ことごとく尽きて、寛治元年十一月十四日夜、つひに落ち了りぬ。城中の家ども皆、火を付けつ。煙の中に喚《をめ》き喧ること、地獄のごとし。四方《よも》に乱れて、蜘蛛の子を散らすがごとし。将軍の兵、これを争ひ駆けて、城の下にてことごとく殺す。また、城中へ乱れ入りて殺す。逃ぐる者は、千万が一人なり。

〔三〇〕敵将の探索

武衡逃げて、城の中に池のありけるに飛び入りて、水に沈みて顔を叢に隠して居る。兵ども、入り乱れて、これを求む。つひに見付けて、池より引き出でて、生虜にしつ。また、千任同じく生虜にせられぬ。

家衡は、花柑子《はなかうじ》といふ馬をなむ持ちたりける。六郡第一の馬なり。これを愛すること、妻子に過ぎたり。逃げんとて、「この馬、敵の取りて乗らむこと妬《ねた》し」といひて、繋ぎ付けて、自ら射殺しつ。さて、賤《あや》しの下種の真似をして、しばらく逃げ延びにけり。

城中の美女ども、兵、争ひ取りて、陣の中へ率て来たる。男の首は鉾に刺されて先に行く。妻は涙を流して後に行く。

〔三一〕武衡の処刑

将軍、武衡を召して出でて、自ら責めていはく、「軍の道、勢を借りて敵を討つは、昔も今も定まれる習いひなり。武則、かつは官符の旨に任せて、かつは将軍の語らひによりて、御方に参り加はれり。しかるを、先日、僕従千任丸おしへて名簿ある由、申ししは、件の名簿、さだめて汝、伝へたるらむ。速やかに取り出づべし。武則、夷の賤しき名をもちて、忝く鎮守府将軍の名を汚せり。これ、将軍の申し行なはるるによりてなり。これすでに、功労を報ふにあらずや。況や汝らは、その身にいささかの功労なくして、謀反を事とす。何事によりてか、いささかの助けを蒙るべき。しかるを、濫りがはしく重恩の主と名乗り申す。その心、如何に。たしかに擡《もた》げ弁《わきま》へ申せ」と責む。武衡は首を地に付けて、あへて目を（著者挿入）擡げず、泣く泣く「ただ一日の命を賜へ」といふ。（著者挿入）傔仗大宅光房に仰せて、その頸を斬らしむ。

〔三二〕武衡の命乞い

武衡率て、斬らむとする時に、義光に目を見合はせて、「兵衛殿、助けさせ給へ」といふ。ここに義光、将軍にいはく、「兵の道、降人を宥むるは古今の例なり。しかるを、武衡一人、あながちに頸を斬らること、その意、如何に」といふ。義家、義光に爪弾きをしかけていふやう、「降人といふは、戦ひの庭を遁れて、人の手に掛からずして、後に咎を悔いて、頸を延べて参るなり。いはゆる宗任らなり。武衡は、戦ひの庭に生虜にせられて、濫りがはしく片時の命を惜しむ。これをば降人といふべしや。君、この礼法を知らず。はなはだ拙し」といひて、終に斬りつ。

〔三三〕千任の処刑

次に千任丸を召し出でて、「先日、櫓の上にていひしこと、ただ今、申してんや」といふ。千任、首を垂れて物いはず。その舌を切るべき由、掟《おき》つ。源直といふ者、寄りて手をもちて舌を引き出ださむとす。将軍、大きに怒りていはく、「虎の口に手を入れむとす。はなはだ愚かなり」とて追ひ立つ。異兵《ことつはもの》出で来て、箙《えびら》より鉄箸《かなばし》を取り出でて、舌を挟まむとするに、千任、歯を食ひ合せて開かず。鉄箸にて歯を突き破りて、その舌を引き出でて、これを切りつ。千任が舌を切り了りて、縛り屈めて、木の枝に吊り架けて、足を地に付けずして、足の下に武衡が首を置けり。千任、泣く泣く足を屈めて、これを踏まず。しばらくありて、力尽きて、足を下げて、つひに主の首を踏みつ。将軍、これを見て、郎等どもにいふやう、「二年の愁眉、今日すでに開けぬ。ただし、なほ憾むるところは、家衡が首を見ざることを」といふ。

城中の宅ども、一時に焼け亡びぬ。戦ひの庭、城の中に伏したる人馬、麻を乱るがごとし。

〔三四〕次任、家衡を誅伐

縣《あがた》の小次郎次任といふ者あり。当国に名を得たる兵なり。城中の者の逃げ去らむとする道を仕切りて、遠く退きて道を堅めたり。戦ひの庭を逃げて遁るる者、皆、次任に得られぬ。その中に家衡、賤《あや》しの下種の真似をして、逃げんとて出で来たるを、次任、これを見て、打ち殺しつ。その首を斬りて、将軍の前に持ち来たれり。将軍、これを見て、喜びの心、骨に徹る。自ら紅の衣取りて、次任に被《かづ》く。また、上馬《じやうめ》一疋に鞍置きて引く。

〔三五〕県殿の手づくり

「家衡が首、持て参る」と喧るに、義家、あまりの嬉しさに、「誰が持て参るぞ」と急ぎ問ふ。次任が郎等、家衡が首を鉾に刺して跪きて、「縣殿の手作りに候ふ」となむいひける。いみじかりける。陸奥国には、手づからしたる事をば手作りとなむいふなる。

武衡・家衡が郎等どもの中に、宗とある輩、四十八人が首を斬りて将軍の前に掛けたり。

〔三六〕官符下されず

将軍、国解を奉りて申すやう、「武衡・家衡が謀反、すでに貞任・宗任に過ぎたり。私の力をもて、たまたま討ち平らぐることを得たり。早く追討の官符を賜りて、首を京へ奉らん」と申す。しかれども、「『私の敵たる由、聞こゆ。官符を賜せば、勧賞《けんじやう》行なはるべし。よりて、官符なるべからざる』由、定まりぬ」と聞きて、首を道に捨てて、空しく京へ上りにけり。

著者略歴

加藤 愼一郎（かとう・しんいちろう）

1949年（昭和24年）仙北郡金沢町（現横手市）生まれ。現在は秋田市住。
歴史研究誌『北方風土』会員
関心事は身近な郷土の歴史と人物。特に後三年合戦、伊藤直純と戎谷南山、秋田蘭画と小田野直武。
著書に、
『京游日誌―明治二十年の秋田・東京往還記』(無明舎出版)
『羽州金沢古柵の人　伊藤直純』（イズミヤ出版）ほか

謎解き「後三年記」
定価一五四〇円〔本体一四〇〇円＋税〕
二〇二一年七月二十日　初版発行
著　者　加藤　愼一郎
発行者　安　倍　甲
発行所　㈲無明舎出版
秋田市広面字川崎一一二―一
電　話／(〇一八)八三二―五六八〇
FAX／(〇一八)八三二―五一三七
製　版　㈲三浦印刷
印刷・製本　㈱シナノ

ISBN 978-4-89544-669-3